消えた記憶と愛の絆

ロビン・グレイディ 作

大谷真理子 訳

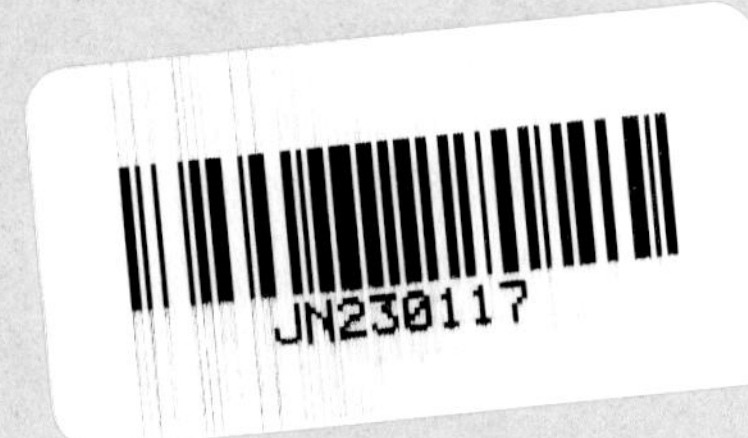

ハーレクイン・ディザイア

東京・ロンドン・トロント・パリ・ニューヨーク・アムステルダム
ハンブルク・ストックホルム・ミラノ・シドニー・マドリッド・ワルシャワ
ブダペスト・リオデジャネイロ・ルクセンブルク・フリブール・ムンバイ

AMNESIAC EX, UNFORGETTABLE VOWS

by Robyn Grady

Published by Harlequin Japan, a Division of K.K. HarperCollins Japan, 2015

ロビン・グレイディ

15 年間テレビ局のプロダクションで働いたのち、かねてからの夢だった作家になる道を選んだ。ハーレクインを支える作家の一人になれて嬉しいと話す。お気に入りのスポットは映画館と海辺。現在はオーストラリアのサンシャイン・コーストで、夫と 3 人の娘とともに暮らしている。

主要登場人物

ローラ・ビショップ……………………………記憶喪失の女性。
グレース………………………………………………ローラの姉。
サミュエル・コール・ビショップ……〈ビショップ建築設備〉のCEO。愛称ビショップ、サム。
ウィリス・マッキー………………………………ビショップの補佐役。
アナベル………………………………………………ビショップの交際相手。

1

ローラはシドニーの会社にいるビショップに連絡してくれるようグレースに頼んだ。夫に心配をかけたくなかったが、治療や検査が延々と続くかもしれないので、誰もいない家に戻った夫に気をもませるのはいやだったのだ。

それに、ビショップなら知らせてほしいと思うだろう。彼は保護本能が強い……ときには過剰なくらいに。私は先天的な心臓病を抱えているし、彼にもつらい過去があるから、そんなふうになるのも当然なのだろう。

ドアが少し開いたので、ローラは両肘をついて体を起こした。

「動揺させないで」廊下からグレースの声がした。「動揺させるつもりなど、これっぽっちもないよ」

ローラの夫は不愉快そうに言い返す。

ローラはふたたび枕にもたれた。ああ、私にとって大切な二人が仲よくしてくれたら、どんなにいい

病室の閉ざされたドアの向こうからかすかな話し声が聞こえてくる。ローラ・ビショップは絆創膏が貼られた頭を枕から起こして耳をそばだてた。話している二人の片方は女性で、もう片方は男性――激しやすい姉グレースと、怒りっぽい夫ビショップだ。ローラは二人のやり取りを聞き取ろうとしたけれど、うまくいかなかった。

とはいえ、グレースもビショップも楽しそうではない。

今朝、自宅でローラが転倒したとき、たまたまやってきたグレースは病院で診てもらったほうがいいと言い張った。携帯電話が使えない待合室で待つ間、

だろう。けれど、グレースはサミュエル・ビショップの圧倒的な魅力にまったく心を動かされない珍しい女性だ。それにひきかえ、私は初めて会った瞬間、彼の強烈な個性と目を見張るような容貌の虜になった。それでも……。

最近は考えはじめている。

ビショップのことは心から愛している。彼も愛してくれているはず。しかし、この一週間で再発見したことを考えると……二人のとった行動は性急で、結婚は早すぎたのではないだろうか、と。

ドアが大きく開いた。見慣れた筋骨たくましい体が病室に入ってくる。二人の目が合った瞬間、ローラは今日一日でいちばん強いめまいを覚えた。出会ってから半年経つものの、今でもビショップを前にすると、胸がときめき、体の芯が熱くなる。

ダークスーツを着たビショップもすてきだが、初めて出会った夜は一分の隙もないタキシード姿だった。魅惑的なブルーの目に妖しい輝きを浮かべて深々とお辞儀をしたあと、彼はダンスの相手をしてほしいと私に頼んだ。あのときと同様、今日も伏し目がちに私を見ているけれど、その目に情熱の炎は浮かんでいない。それどころか、まったく感情が表れていないようだ。

ローラの体を戦慄が走った。

ビショップはいつも優しくて思いやりがある。私が転倒したから苛立っているのかしら？　私のせいで仕事を切り上げなければならなかったから？　そんな思いを振り払い、ローラは左のこめかみに貼られた絆創膏に触れ、ばつが悪そうにほほ笑んだ。

「どうも落ちたらしいの」

ビショップは黒い眉をひそめ、ゆっくりと首を傾げる。「どうも？」

「覚えて……いないのよ。お医者さまの話では、珍しいことではないんですって。高いところから落ちて頭を打つと、そのことを思い出せない人もいるらしいわ」

ビショップは上着のボタンをはずし、深紅のシルクのネクタイをゆっくりと撫(な)でた。「では、何を覚えているんだ？」

「病院に来たのは覚えているわ。お医者さまに会ったことも。CTスキャンや……ほかにいろいろな検査を受けたことも」

ビショップは不愉快そうな目つきをした。

彼は検査が好きではないのだ。それは付き合いはじめてから二カ月後、彼にプロポーズされた夜にわかった。彼がダイヤの指輪を差し出したとき、ローラは驚きと新たな愛を感じながらすぐに承諾した。その後、ビショップが別宅として使用しているホテルの部屋のベッドでたくましい腕に抱かれながら、自分の心臓病――肥大型心筋症――のことを打ち明けた。変に注目されたり同情されたりするのがいやで、通常、病気のことは黙っていた。けれど、結婚するなら、彼も知る必要があると思ったのだ。

「グレースの話では、車で家に向かっているときにきみを見たとのことだった」ビショップはズボンのポケットに両手を突っ込んだ。「きみが庭の橋から落ちるのを見たそうだ」

ローラはうなずいた。二メートルくらいの高さから転落したのだ。「そうなんですってね」けれど、覚えていない。

「頭が朦朧(もうろう)としているらしいね。ほかのことも……ぼんやりしているそうじゃないか」

「ほかのことはすべてはっきりしているわ」ローラは枕の上で体を起こした。「それどころか、今日は久しぶりにすっきりした気分なのよ」

ビショップの目が光った。彼はローラの言葉の裏に潜む意味に気づいているはずだが、探りを入れようとはしない。ベッドに近づいてこないし、プロポーズの夜のように彼女を抱き締めようともしない。

あの夜、ローラが病気のことを打ち明けたとき、ビショップは彼女を抱き締めて額にキスしたあと、その病気が遺伝する可能性についてたずねた。彼女は自分の病気について徹底的に調べていた。統計によると、彼女の病気が子供に遺伝する可能性もあるが、検査をして事前に対策を講じることができる。健康上の理由から、早期に中絶する場合もある。ビショップが口を固く結んだところを見ると、それは受け入れがたいようだった。一か八かやってみて、ただ楽観視すればいいとは思わなかったらしい。

今、静まり返った病室で、ビショップは首を傾げ、ローラが誰なのかわからないかのように見つめつづけている。落ち着かなくなった彼女は片手を差し出した。これ以上離れているのは耐えられない。

「ビショップ、こっちに来て。話があるの」

ようやくビショップは前に進み出たが、何かを警戒しているのか、足どりは重い。医師から転倒以外の話を聞かされたのだろうか？　そうでないなら、ほかの人に先を越されないうちに、今、自分の口で伝えたほうがいい。ほんの一時間前に妊娠検査を受けた話をしたら、彼はどんな態度をとるかしら？

ローラは上体を起こすと、体の向きを変えて床に足をつき、二人でベッドに並んで座れるようにした。すると、ビショップはすばやくベッドに近づいてきた。彼がいきなりシーツと毛布をめくったので、ローラはどきっとした。ビショップは彼女と目を合わさずにシーツのほうに頭を動かした。

「ベッドに入るんだ」

「ビショップ、だいじょうぶよ」

ビショップはゆっくりとローラと目を合わせる。

「本当か？」

「まったく問題ないわ」

「ここがどこかわかるか？」

「それはもうお医者さまにきかれたわ」グレースや看護師にもきかれた。けれど、ビショップが厳しい表情を浮かべているので、ローラは病院の名前を言い、さらに付け加える。「この病院はシドニーの西、ブルー・マウンテンズの東にあるわ」二人の自宅があるのはブルー・マウンテンズだ。

「僕の名前は？」

ローラは気どった笑顔を見せ、上品な仕草で脚を組んだ。「ウィンストン・チャーチル」

ビショップの目におなじみの温かみのある表情が浮かんだ。だが、すぐにまた彼は眉間にしわを寄せ、落ち着かないときにいつもするように咳ばらいをした。「ふざけないでくれ」

「あなたの名前はサミュエル・コール・ビショップ。ファイナンシャル・レビュー紙を始めから終わりまで読んで、長距離を走るのが好き。たまにワインをかなり飲むわ。それに、今夜はお祝いすることになっているの」ローラはにっこりした。「三カ月前の今日、私たちは結婚したんですもの」

ローラの言葉に胸を殴られたような衝撃を受け、ビショップはすっかり動転した。

〝ああ、ローラは頭がおかしくなってしまった〟

グレースと看護師の話では、ローラは頭を打って少しぼんやりしているとのことだった。誰も過去二年間の記憶を失ったとは言わなかった。今でも自分と僕が〝結婚している〟と思っているとは。あの橋から落ちたことに関しては……。

ビショップは縮み上がった。これは質の悪いいたずらなのだろうか？ 時代遅れのどっきり番組の司会者が飛び出してきて、僕の腕をつかみ、隠し撮りをしているカメラを指さすのか？

しかし、エメラルドグリーンの目をのぞき込むと、ローラが大まじめだというのがわかる。臆することもなく愛慕の念を表しながら僕を見上げているのは、二年前に結婚した金髪の天使の顔だ。どうして今日、病院に来てほしいと言われたのかわからなかった。だが、今はローラが姉に夫を呼ぶよう頼んだ理由が理解できる。さっき詳しい話を聞こうとしたら、グレースが目を合わせようとしなかった理由も。

ビショップは頭を抱えてうめき声をあげたい衝動を抑えた。最初に医師と会えばよかった。僕ははめられたのだ。誰にはめられたのかはわかっているし、どうしてそうなったのかも想像がつく。

グレースは妹の結婚生活の破綻は僕のせいだと思っている。自分を捨てた男に会ったら、ローラの脳裏に忌まわしい思い出がよみがえると期待したのかもしれない。記憶が戻るのではないかと。ふたたび〝けんかっ早いビショップ〟は悪者になり、まわりの人間を支配したがるグレースは妹の人生の中心に居座るのだろう。

長い沈黙が続くうち、ローラは心配になってきたようだ。ビショップはこの迷路のように入り組んだ状況から抜け出せるかどうか懸命に考えた。しかし、考えれば考えるほど行き詰まってしまう。

二つだけ、たしかなことがある。お手上げだと諦めて、途方に暮れるローラをここに残して立ち去ることはできない。また、平然と真実をぶちまけることもできない。二人は円満に別れたわけではないが、今の彼女は病人なのだ。

そして一度は愛した女性だ。心から愛した女性。あとになってローラは感謝するかもしれないし、しないかもしれない。それでも、彼女が楽にこの……状況を切り抜けられるようにしなければならない。

ビショップはかすかにほほ笑んだ。「ローラ、きみは具合がよくないんだ。今夜は病院に泊まったほうがいい。僕から先生に話すから――」

ローラは組んでいた脚を元に戻してぷいと顔を上げた。「いやよ」

「いやって、どういう意味だ？」

ローラは哀願するような表情を浮かべ、彼のほうに手を伸ばした。

ビショップは身をこわばらせた。引き下がらなければ。どんな形であれ、体の接触は避けなければならない。ローラと触れ合ったら抵抗できなくなる。

しかし、二人の仲が睦まじかったのは一年以上も前のことだ。だから僕のそんな部分は――激しく燃える飽くなき欲望は、消え去ったかもしれない。かつて二人が分かち合った愛とともに。

そこで、ローラを落ち着かせるためにビショップも手を伸ばし、彼女がほっそりした指を彼の指に絡ませてもほうっておいた。すると、たちまち彼の血が騒ぎだした。

「ダーリン」ローラはささやくような声で言った。「私は今までうんざりするほど長い時間を病室で過ごしてきたの。あなたが私のためを思って言ってくれたのはわかるけれど、これくらいのことで入院する必要はないわ。私は子供じゃないのよ。ちゃんと自分の考えを持っているし、自分の体がだいじょうぶだというのもわかっているわ」

ビショップは手を引っ込めて断固とした口調で言う。「きみはいやだと言う立場にないんだよ」

ローラの目が曇り、美しい口の端がゆっくりと下がった。「あなたと結婚したとき、すべての権利を放棄したわけではないのだから――」

ローラは話の途中で言葉を切り、誰かに殴られでもしたかのように縮み上がった。顔からは徐々に呆然とした表情が消え、後悔の色が広がっていく。

「ビショップ……ああ、ごめんなさい。本気で言ったんじゃないのよ」

ビショップは息を吐き出した。どうやら記憶を失っても、僕に対する本当の気持ちは抑えられないらしい。少し前に異議を唱えた女性は、かつて僕をにらみつけて家から出ていくよう命じたローラだ。その日から一年後に離婚届を郵送してきたローラ。二人の結婚生活に終止符を打ったのはローラだった。もちろん僕は動揺した。心底傷ついた。しかし、彼女を憎んだことはない。今も憎んではいない。だが、愛してもいない。それならこの状況に対処するのは簡単なはずだ。

ビショップはベッドのほうに顎を動かした。「横になったほうがいいよ」

「話したいことがあるの」

ビショップはまたシーツをめくった。「横になるんだ」

それに応じずローラが立ち上がったので、ビショップは無理やり言うことを聞かせたい衝動と闘った。しかし、それができない理由はいくらでもある。彼女は今でも美しい……僕が覚えているよりもずっときれいだ。頭では二人が一緒に暮らせないと承知しているが、体は彼女がまれに見る魅力的な女性だと理解している。

ビショップはネクタイの結び目を緩めた。「きみはだいじょうぶと思っているかもしれないが――」

「私、妊娠したんじゃないかと思ったの」

ビショップの膝から力が抜けた。体が傾いて壁にもたれたが、めまいがするのでベッドに座り込んだ。耳鳴りがしている。目の前で爆弾が炸裂したかのようだ。額に手を当てて衝撃が収まるのを待っていると、ようやく元妻に問いかける気力が湧いた。

「なんだって？」

ローラはビショップの隣に腰を下ろして彼の手を取った。「とてもうれしかったわ。でも、心配だった。あなたがなんと言うか心配だったのよ」

ビショップはローラのほうに体を向けた。「いいかい……妊娠なんかするはずないんだ」

「たしかに避妊していたけれど、百パーセント確実なものはないでしょう」

　ビショップは胸が苦しくなった。これは思っていたよりもひどい状況だ。そろそろきっぱりと言うべきなのだろうか？　僕が彼女の立場だったら、そのほうがいい。あとでばかばかしい気持ちになるのはいやだ。ローラもそうだろう。二人はもう結婚していないし、まして子供などできてはいない。

　輝くグリーンの瞳に見つめられ、ほっそりした指に指をもまれるうち、ビショップの中で燃え上がった炎が全身に広がりはじめた。彼はローラを抱き寄せて慰めたい気持ちを押し殺した。あまりにもはっきりと、鮮明に覚えている……まるで昨日の出来事のように。二人の出会い、結婚式、ハネムーン、家の北側にある橋からの転落、苦しみを伴いながらゆっくりと破局へと向かった二人の関係。

「妊娠なんかしていないよ」ビショップはこわばった声で言った。

　ローラはうなずいた。「お医者さまから聞いたわ。私の思い違いだったのよ」ふたたび目が輝いた。

「でも、自分の中で赤ちゃんが育っていると思ったとき、気づいたのだけれど……」

　ローラは遠くを見るような目つきをしているが、なぜかそのまなざしは今までよりも力強い。

「病気があっても私の気持ちは変わらないわ。リスクがあるのはわかっているけれど、私は子供がほしいの。私たちの子供が」ローラはビショップの手を強く握り締めると、彼の指を熱い頬に押し当てる。

「私たちに必要なのは信じることだけよ」

　背筋がぞくぞくしたのでビショップは目を閉じた。すでにこんな話し合いはしている。二年前に。それが二人の結婚生活の終焉を告げる最初の兆しで、その後つらい出来事が延々と続いたのだった。

　もの思いにふけっているビショップの思考にローラのとぎれがちの声が入り込んだ。

「ごめんなさい。こんなふうに出し抜けに言うべきではなかったわね」

ビショップはまたネクタイの結び目を引っ張ったが、ますます息をするのがむずかしくなった。室内にはローラがつけている香水のほのかな花の香りのほかに、むっとする空気が漂っている。これ以上悪化しないうちに、どこかでこのおかしな状況の解決法を考えなければならない。

ビショップはローラに握られている手を引っ込めて立ち上がった。「何か持ってこようか？　何がほしい？」

「一つだけ、あるわ」ローラも立ち上がると、ビショップの胸に温かなてのひらを当てた。たちまち彼の中で炎が燃え上がった。かすかに開いた彼女の唇が近づいてくる。「キスしてほしいの」

2

ローラの目を——自分の心を——のぞき込んで、ビショップは気づいた。彼女は僕を愛している。だが、今の彼女の精神状態は正常ではない。胸に込み上げてくるものを抑えながら、彼は腕をつかんでそっと元妻を押し返した。

「今はそんなことをするときじゃないだろう」

「そうかしら？　私たちは夫婦なのよ。いつだってキスしているじゃないの」

ビショップは驚いたが、感情を表に出すつもりはなかった。どうやってこのとんでもない状況を乗り切ったらいいのだろう？　まるで活火山の噴火口に放り込まれたようだ。どこに進んでも火傷(やけど)をする。

ローラは相変わらず困惑し、傷ついた表情を目に浮かべている。新婚三カ月の頃はビショップも彼女に触れずにいることなどとうてい無理だった。

今でも……。

ローラを安心させたくてビショップは態度を軟化させ、彼女の腕をさすった。そんなかすかな接触にもかかわらず、たちまち彼の体が熱くなり、胸の鼓動が激しくなった。そこで口を固く結んで両手を上げ、一歩引き下がった。

「ちょっと先生と話してくるよ」

「妊娠検査のことね」

「ああ、そうだよ」

白い診察着姿で不安そうにベッド脇にたたずむローラを残し、ビショップは病室を出た。ナース・ステーションで担当医の居場所をきくと、看護師が端のほうでファイルを見ている白衣姿の男性を指さした。ビショップはその男性に近づいた。

「すみません」ビショップは医師の名札を見た。「……ドクター・ストークス、サミュエル・ビショップです。先生がローラ・ビショップを診てくださったそうですね」

中年の男性医師は半円形の眼鏡越しにビショップを見て、ファイルを脇に置いた。「ミセス・ビショップのご主人ですか？」

「まあそんなところです」

医師はわけ知り顔でほほ笑んだ。二人の男性はほかの人たちに話が聞こえないところへ移動した。

「頭部外傷です」ドクター・ストークスは簡潔に言った。「逆行性健忘症ですね」

「どれくらい続くのですか？」

「通常は数日で徐々に記憶が戻ります。もっと長く続く場合もあります。まれな例ですが、まったく戻らないこともありますよ」

「まれな例ですか？」

「最初の検査では骨折も挫傷も見つかりませんでした。今夜は入院していただいてもかまいませんが、奥さまが無理をしないで、ご主人が注意深く見守ってくださるというなら、お帰りになってもけっこうです。奥さまが眠ったら、三、四時間ごとに起こして、名前とか住所といった簡単な質問をして、状態が安定しているかどうか確認してください。その後は、経過観察のためにかかりつけ医を受診してください」

ビショップは額をこすった。「実は、僕たちはもう結婚していないので……」

医師は片方の眉を吊り上げた。「お義姉さまがそのようなことをおっしゃっていました」

「元義姉です」

ドクター・ストークスは目で同情する気持ちを伝えたあと、白衣のポケットに手を突っ込んだ。「それとなく記憶を呼び覚ますのです。そろそろだいじょうぶだと思ったら、写真を見せるのもいいかもしれません。慣れ親しんだ環境にいれば、じきに最近の出来事を思い出すでしょう」医師はもっと何か言いたそうだったが、ちょっと首を傾げただけだ。

「幸運を祈ります、ミスター・ビショップ」

医師が立ち去ったあと、ビショップは近くにある椅子に座り込んだ。今、必要なのは運だけではないだろう。

そのとき、携帯電話の振動を腰に感じた。補佐役のウィリス・マッキーからのメールだった。

〝今、どこですか？　買収希望者から電話がありました。すぐに話したいそうです〟

ビショップは顎を動かした。もう来たのか？

年商数百万ドルの企業にまで成長した〈ビショップ建築設備〉の売却を発表したのは先週のことだ。こちらの設定価格を考えると、予想外に早く反響があった。

離婚が決定的になってからこの数カ月間は少し落ち着かなかった。私生活の第一章は終わったので、仕事面でも新たな挑戦をすべきかどうか考えはじめた。しかし、どの方向に進んだらいいのかということはあまり考えなかった。

それでも、前進するための第一歩を踏み出したことには満足している。すてきな女性との交際も一カ月以上続いている。深刻な関係ではない。また本気の恋ができるかどうかよくわからないのだ。だが、アナベルとの付き合いは楽しい。彼女は扱いにくい女性ではない。無茶な要求をしない。

ビショップは携帯電話を閉じた。

今、ローラが自分の人生に戻ってきた。この状態がどれくらい続くのかわからない。どうしたらいいのだ？　さっさと立ち去るわけにもいかない。だが、彼女と一緒にいることもできないだろう？

ふいに肩をたたかれてビショップは顔を上げたが、自分のそばの女性を見たとたん、不愉快そうな声をあげた。

グレースはすっかりくつろぎ、膝の上でピンクのマニキュアを塗った指を組み合わせている。

「これでわかったわね」

ビショップは冷ややかな目つきでグレースを見た。

「おかげさまで」

「ローラは覚えていなかったでしょう？」

「今日が結婚三カ月目の記念日だと思っている」

「どんなふうにお祝いするの？」

ビショップは立ち上がった。「おかしなことを言わないでくれ」ローラの病室のほうへ歩きだした。すぐにまたこの女性と話し合わなければならないだろう。だが、今は彼女の首に手をかけないとは言いきれない。

ローラと別れてよかった点は、自分の人生に悪影響をおよぼすものを排除できたことだ。グレースはしょっちゅう人のことに口を出して面倒を起こす。ローラはいつも姉をかばうが、本当は自分が貧乏くじを引いていると思っているのではないだろうか。

「あなたたちは結婚生活を続けられたのではないかと今でも思っているのよ」

背後から聞こえてくる猫撫で声に怒りをかき立てられ、ビショップは振り返った。

「余計なことは言わないでくれ。もう結婚生活なんてものはないのだから……」かっかしながら大股でグレースのほうに戻った。「きみが妹と僕の復縁を願っていると僕に思わせたいのか?」

グレースは組み合わせていた指をほどいて立ち上がった。「私が悲しむローラを見たがっていると思っているなら、大間違いよ」

「きみは僕たちに結婚してほしくなかったんだ」

「あんなにすぐに結婚してほしくはなかったわ。二人にはじっくり考える時間が必要だったのよ」

「あれ以来、きみは僕たちの仲たがいを見てほくそ笑んでいたんだろう」

グレースは探るような目つきでビショップを見る。

「今回の一件を前向きに利用しようとは考えなかった? これは前回とは違うやり方を試すチャンスかもしれないわ。今回はローラの話に耳を傾けて、彼女をきちんと理解するチャンスかも」

ビショップはグレースをにらみつけた。彼女は何も知らない。最悪の時期に僕たちの家にはいなかったのだから。僕は最善を尽くした。ローラは気が変わったから養子ではなくて二人の子供がほしいと言った。そのときから僕は理解しようとした。二人の結婚生活が破綻したのは僕の態度のせいではなく、ローラの罪悪感のせいだ。彼女は間違った決断をし、それを乗り越えることができなかったのだ。

グレースの顔から期待に満ちた表情が消えた。

「ローラにはもうさよならを言ったわ」ハンドバッ

グを取って出口へ向かう。「あの子をよろしくね」

ビショップはもう少しで大声をあげそうになった。グレースはどこに行くつもりなのだ？　今までは何かというと妹の生活に入り込んできた。今、ローラが本当に助けを必要としているときに、グレースは立ち去るのか？　だが、まわりにいる人びとの好奇の視線に気づき、ビショップは喉まで出かかった言葉をのみ込んだ。元妻と一緒にいるのも気まずいが、グレースがそばにいると、状況が何倍もむずかしくなるだけだ。ローラの両親が生きていたら、こんなときには飛んできただろうが、僕とローラが出会うずっと前に亡くなっている。

好むと好まざるとにかかわらず、これはローラだけでなく、僕の問題でもあるのだ。

観念したビショップは病室に戻った。窓辺にたたずんでいたローラは振り返ったが、優美な顔が青ざめている。

「先生と話してきたよ」

「それで？」

ビショップはなんと答えたものか迷った。グレースの言ったことを――これは二度目のチャンスだということを――考えたあと、医師が言っていたことを思い出した。ローラの記憶が戻らない可能性もあるのだろうか？　この事故は二人の関係をやり直す機会なのか？　二人が別れてからまる一年が経ち、あんなにも苦しんだのに、自分の中にそんなものを望む部分があるのか？　僕はローラを愛していない。すべて過ぎたことだ。しかし、今は一歩一歩進むしかない。

ビショップがローラに近づいて片手を差し出すと、グリーンの目が輝いた。

「着替えるんだ」ビショップは控えめながらも励ますようにほほ笑んだ。「先生が家に帰ってもいいと言っていたからね」

　一時間後、ビショップの運転する車がループ状の山道を進んでいくと、ローラは口元に優しい笑みを浮かべながら窓の外を眺めた。窓を開けて新鮮な空気を思いきり吸い込みたい。かすかに雲がたなびく晴れ渡った空、果てしなく続くユーカリと松の森、木々の間を飛び交うたくさんのカラフルな鳥……。何もかもがなぜか鮮やかに見える。

　出会って二週間後にビショップが所有する広大な屋敷に連れてこられたときから、ローラはブルー・マウンテンズ一帯が気に入った。あれから半年近く経つけれど、今はほかの場所に住むことなど考えられない。ほかの人と一緒に住むことも。だけど……。

　ローラはこっそりと車を運転している男性を見た。

　今日のビショップはどことなくいつもと違う。仕事が忙しくて疲れているのかもしれない。もちろん私のことも心配だったのだろう。でも、以前は目尻に細いしわがあることに気づかなかった。それに、ここに来るまでずっとぼんやりしているようだ。私が病院で持ち出した話題を避けているのは容易にわかる。彼は結婚前に決めたことを蒸し返したくないのだ。

　四カ月前のあの夜、いちばん安全な方法としてビショップが養子の話を持ち出したとき、感情が高ぶって涙が込み上げてきた。けれど、彼は現実的な話をしているだけだと言った。私の病気はきちんと管理されているけれど、子供がもっと深刻な心臓病を受け継がないという保証はない。彼の考えでは、いちばん大事なのは二人で健康な子供を育てることだそうだ。養子を。

　ビショップの気遣いは尊重したけれど、そのうちに彼も私の気持ちを尊重すべきだということに気づいた。思い起こせば、自分の子供がほしいと思ったのは十代後半で、両親が他界したあとだ。大学では美術や歴史や文学を勉強したものの、夢は主婦になること、よき妻、よき母親になることだった。とくにキャリア志向ではなく、そのことを知られてもかまわなかった。自分が受けた愛情や支えを自分の子供たちにも与えたかったのだ。ほかの女性の子供を育てる可能性など考えたこともなかった。

それでも、やはり健康な子供がほしかったし、絶対にビショップと結婚したかったので、彼の提案に同意した。だが、この数カ月間、その決断が重く心にのしかかっている。そして、しだいに自分たちは慎重すぎるのではないかと思いはじめた。子供が私の病気を受け継ぐとはかぎらない。いつでも投薬治療はできるし、必要なら、体内に除細動器を植え込む簡単な手術を受けることもできる。もちろん、もっと重症な場合には、複雑な手術が必要かもしれないけれど。

自分に子供を産む能力があることはわかっているのだから――その能力がないと思う理由はないのだから――挑戦してみたい。それから得られるものには、危険を冒すだけの価値は十分にある。多くの女性が望むものを私も望むのは間違っているのだろうか？

自分の血を引く子供。自分の子供を。

もの思いにふけりながらローラは肘掛けを撫でたが、その瞬間、妙な感じがした。思い出をたどることに夢中になっていたので今まで気づかなかった。

「新しい車を買うこと、話してくれなかったわね」

サングラスの下にあるビショップの目は道路から離れない。「ウィリスが好条件でランド・ローバーのリース契約を決めてくれたんだよ」

ローラは肩をすくめた。「ウィリスって？　その名前を聞くのは初めてだけど……」

「そうだったかな？　僕の新しい補佐役だよ」

「セシル・クラークはどうしたの？　彼はよくやっ

てくれていると言っていたでしょう」

「彼は……ほかの会社に引き抜かれたんだ」

「引き留めるべきだったわね」

「去る者は追わないほうがいい場合もあるんだよ」

長い庭内路の突き当たりでブレーキをかけると、タイヤが砂利を踏み締めて大きな音をたてた。ビショップはガレージではなく、丘の中腹に不規則に広がる平屋の家の前に車を止めた。この家は内も外も、品のいい贅沢さと温かみのある田園的な雰囲気を醸し出している。手作業で作られた暖炉、広々としているけれど居心地のよい寝室、二つある大規模なホーム・オフィス、設備の整ったサウナつきのジム、屋内プール。

日曜日になると、ローラは手製のエッグ・ベネディクトを東側のベランダに運び、ビショップと朝食を楽しみながら靄にかすむ山々の上空に昇っていく太陽を眺める。コーヒーを飲み終わったあとにはもっと好きなものが待っている――ベッドに戻って、無限の情熱を秘めた夫を存分に味わうのだ。

ビショップは運転席から降り、いつものように助手席側のドアを開けた。二人は階段を上り、チーク材とガラスが張られた玄関ドアのほうに向かった。ところが、ビショップは途中で足を止めて咳ばらいをし、キーの束をがちゃがちゃと鳴らした。

「しまった、家のかぎはほかのキーホルダーについているんだった」

「私のがあるわ」病院に向かう前にハンドバッグをつかんだことは覚えていない。ばかげているけれど、今、持っているバッグも覚えていない。それでも、ローラはバッグの中をかき回してかぎの束を取り出したが……急に目を見開いて身をこわばらせた。

ローラはいろいろな角度から左手を見た。

「指輪がないわ。きっと検査の前に看護師がはずしたのね」

常識的に考えれば、ダイヤがちりばめられた結婚指輪もプリンセスカットのダイヤの婚約指輪も病院のどこかに保管されているはずだ。退院前に返却されなかったとしたら、明らかに病院側の手落ちだ。しかし、病院スタッフは記録を残しているだろう。指輪が戻らないと考える理由はない。それでも、ローラは胸が締めつけられるような感覚を振り払うことができなかった。あれがないと、裸になったような気がする。無防備になったような。

ビショップは傾きかけた太陽の光を背に受けながらポーチにたたずんでいたが、一歩ローラのほうに近づいた。「心配しなくていい。僕がなんとかするから。きみは休みなさい」

ビショップはいたわるつもりでそう言ったのだが、ローラはもう少しで反論しそうになった。今日は一日中休んでいたからベッドに入るのはうんざり、と。けれど、実のところ、急に疲れてきたし、少し動揺している。自尊心を抑えて彼の言うとおりにしたほうがいいのかもしれない。少し横になろう。

でも、一人で横になるのではない。

ローラはビショップの指に指を絡ませ、彼の手を自分の胸に押し当てると、からかうような笑みが相手を納得させてくれることを期待した。

「あなたも休みたいんじゃなくて？」

ビショップの目の中で熱い感情と冷たい感情が同時に燃え上がった。「今日、橋から落ちたのは僕じゃない。きみだよ」

ローラはがっかりした。ビショップの言い方はあまりにも……冷静すぎる。けれど、病院にいたときと違い、今の彼女にはその理由がわかった。もちろんビショップは私と一緒にいたいはずだ。私を抱き締め、キスしたいと思っているはず。でも、安全第一のビショップは医師のアドバイスに反してはならないと心に決めているのだ。家に戻る車の中でも、一日、二日はのんびりするようにという医師の指示を繰り返していた。それでも……。

「ねえ」ローラはさらに体を近づけた。「夫と愛し合うことよりもいいリラックス法なんて考えつかないわ」

ふいにビショップの首の血管が浮き上がり、激しく脈打った。かと思うと、彼は大きく息をつき、またしても目に妙な表情を浮かべた。

「中に入ろう」ビショップはあいているほうの手でドアを開けた。「飲み物を用意するよ」

「シャンパンはどう？」彼のそっけない口調に傷ついていないふりをしながら、ローラは家に入った。

「なにしろ今日は記念日なんですもの」

「紅茶にしよう。アイスでもホットでもいい」ビショップはドアを閉めると、ローラの横を通り過ぎた。

「二、三日したら、きみがまだシャンパンを飲みたいかどうかわかるだろう」

3

ローラがおとなしく寝室へ向かったので、ビショップは心の中で感謝の祈りを唱えた。

ローラはビショップも一緒に来させようとしたが、彼は巧みに誘いを交わした。彼が望んでいたのは、どちらかがこんな茶番に耐えきれなくなる前に元妻の記憶が戻ることだけだった。

ローラは二人が結婚していると思っている。結婚した男女はセックスを楽しむ。ビショップもローラも、かつてはしょっちゅう愛し合った。今、彼が何よりも困っているのは、ローラを抱き締めるかと考えると、体が強く反応することだ。もう一度彼女を自分のものにするかと考えると。

ビショップは頭をかきながら室内を見回した。居間には以前と同じ家具調度が並び、堂々とした作りだけれど家庭的な雰囲気を漂わせる暖炉がある。燃え盛る炎の前で何度二人は愛し合ったことだろう。

ビショップは拳を握り締めて玄関に向かった。ここから立ち去りたい衝動を抑えきれない。ひどい結末を迎えることは目に見えている。とはいえ、出ていくわけにはいかない。少なくとも今はまだ。だが、日曜日以降もローラの記憶喪失が続いたら、出張の話をでっち上げて、手助けしてくれる人を……できたら看護師を見つけよう。それまでは動くことができない。

しかし、何もせずにぶらぶらしているつもりはない。会社にはいないが、少しは仕事もできるだろう。

ビショップは車からノートパソコンを持ってくると、かつて使っていたホーム・オフィスに入り、紫檀の家具や栗色のソファ、ルービックキューブを見た。意外なことに、磨き抜かれた机の上に今でもフレームに入ったローラの写真が置かれている。

ああ、ローラはここにある思い出の品をすべて捨ててしまったと思っていた。そんなことを考えたとき、〝消えた〟指輪のことが思い出された。

結婚指輪も婚約指輪も病院にはない。たぶんローラが捨てたか暖炉に投げ込んだかしたのだろう。この家のドアを閉める前、僕が怒りに任せて自分の結婚指輪を暖炉に放り込んだように。

ビショップは椅子に腰を下ろすと、ノートパソコンを開いて〈ビショップ建築設備〉のサーバーに接続した。

ローラと別れて間もない頃、彼は立て続けに大きな契約を取りそこなった。そのときはどうしようもない疑念に取りつかれた。今まで本当に重要な問題で失敗した経験はないが、結婚のように大事な問題で失敗したということは、事業でも失敗するのではないだろうか？　過ぎたことをくよくよ考えたり、覇気を失ったりしたら、そろそろ身を引いて、気概のある人間に会社を譲り渡してもいいかもしれない。

ビショップはEメールを見はじめたが、集中することができなかった。ベッドに横たわるローラの姿が頭に染み込んでいて、今もそれを追い払うことができない。眠っているときに静かに波打つ胸、枕に広がる髪が。

ビショップは苛立たしげな声をあげながらノートパソコンを押しのけて天井を見上げた。ああ、本当は結婚生活を終わらせたくなかった。だが、グレースが二度目のチャンスのことをどう思っていようと、僕はそんなばかげた考えを抱くほど愚かではない。ここにいるのはこうするしかないからだ。ローラが記憶を取り戻したら、二人ともこの出来事を忘れて、それぞれの人生を歩むことができるだろう。


目を覚ましたとき、ローラの心臓は激しく鼓動していた。部屋は静まり返り、壁面にぼんやりとした影が揺れている。サイドテーブルに置かれた時計は二時四分を表示している。

なぜか孤独感を覚え、ローラは身を震わせながら寝具を引っ張り上げた。けれど、ビショップのことを思い出したとたん顔がほころび、全身が温かくなった。そこで寝返りを打ち、暗闇の中で手を伸ばすと……。

ローラの横には誰もいないし、ベッドは冷たい。どうしてビショップは一緒に寝なかったのだろう？　絆創膏が貼られた頭のことを心配したの？　私に必要な薬は熱い抱擁だというのがわからないのかしら？

柔らかな長いローブで身を包んだあと、ローラは廊下に出ていった。ビショップのホーム・オフィスの近くまで来たとき、ドアの隙間から漏れる明かりに気づいた。ローラは顔をしかめながらローブをしっかりと体に巻きつけた。午前二時にビショップは仕事をしているのかしら？

ローラは向きを変えようとしたが、室内の光景を見て気持ちが和らぎ、戸口で足を止めた。ビショップはソファに寝そべっている。片足を肘掛けにのせ、もう片方の足を床に置き、片腕で目を覆っている。靴もズボンも脱いで、お臍のあたりまで白いワイシャツのボタンをはずしている。厚い胸が規則正しく波打っているところを見ると、ぐっすり眠っているようだ。ローラの体の中を馴染みのある熱い感覚が走り抜けた。ああ、私はビショップを愛している。心から彼を求めている。

よく発達した腹筋が急に動いたかと思うと、ビショップが目を覚ました。夢の中から怪物に追いかけられているかのように、いきなり上体を起こした。彼の視線はローラがたたずむ戸口に移った。焦茶色の髪はくしゃくしゃになり、シャツの下から長い脚が伸びている。

ビショップはローラの体をなめ回すように見た。顎の筋肉がぴくぴくと動きはじめ、瞼がさらに下がった。彼は美しい曲線を描く裸体を想像し、触れて味わいたいと思っているのだ。

ところが、いきなり片手で顔をこすり、体を揺すると、きちんと座り直した。目覚めたばかりなので声がかすれている。

「もう遅いよ。ベッドに戻るんだ」

「あなたも一緒に来てくれるなら……」

「あとで行くよ。もう少し片づけなければならないことがあるんだ」

ローラは部屋の奥に進んでビショップの隣に腰を下ろすと、少しも動じることなく彼を見つめた。

「避けるわけにはいかないのよ。そうでしょう」

「避けるって……何を？」

「話し合いよ」

「真夜中に話し合う必要はないだろう」ビショップは立ち上がったが、ローラに手をつかまれたので、仕方なくソファに腰を下ろした。

「自分の健康状態が理解できる年齢になったとき」ローラは切り出した。「激しい運動や何かをする際には注意が必要だとわかったとき、今までと気持ちが変わったの。両親は私に何ができて何ができないかというのを先生にもきちんと伝えてくれたわ」

「どうして今、そんな話を?」

「あなたに理解してほしいからよ。私は誰よりもよくわかっているの。自分に何を求めているのかも、あなたや私たちの子供に何を期待しているのかも」

ローラの言葉を考えているのか、ビショップは目を伏せたが、胸元がはだけていることに気づいてボタンを留めはじめた。「ローラ、もう三時近いんじゃないか――」

「小学校時代は寂しい思いをしたこともあるわ」ローラはかまわずに話を続けた。「クロスカントリー・スポーツもできなかったし、キャンプで乗馬もできなかった。子供は残酷なもので、陰で笑っている子もいたのよ。私を障碍者と呼ぶ子もいたわ」

最後のボタンを留めたあと、ビショップは拳を握り締めた。「僕がその場にいたらなあ」

「でも、いい友達もいたのよ。私たちは誰かを貶めて自分がえらくなった気分になりたい女の子たちを無視したわ。その後、大学生活が始まると、もう全世界の人に自分の病気を知らせる必要はなくなった。私はほかのみんなと同じになったわ。そして卒業後一年経ったとき、あなたに出会ったのよ」

ビショップの口の端にかすかな笑みが浮かんだ。

「あのときは夜が明けるまで話しつづけたね」

「それから二カ月と一日経ったとき、あなたはプロポーズしたのよ。私の秘密を知ってもあなたが結婚したいと言ってくれたとき、私ほど幸運な人間は……これほど愛されている人間はいないと思ったわ……」ローラはちょっと視線を下げたあと、ふたたびビショップと目を合わせた。「私が二人の子供を産みたいと思っていることをあなたが理解していないとしても。私は養子をとることに同意はしたけれど、本当は納得していなかったのよ」

相手の真剣なまなざしを避けてビショップは咳ばらいをした。「その話は朝になったらしよう」

ローラは頭に貼られた四角い絆創膏に触れた。まだずきずきするので、ビショップの言葉にうなずいた。少し前進したので、今のところはこれで十分だ。明日はさらに話を進めよう。私が自分の子供を身ごもることをどれほど重要視しているか気づいたら、ビショップも機嫌を直すだろう。彼は私を愛している。愛があればどんな障害も乗り越えられるはずだ。

ローラは立ち上がって片手を差し出した。「一緒に来る？　それとも、ずっと起きていてこの話を終わらせるほうがいいかしら？」

ビショップは立ち上がった。「きみの勝ちだ。だが、いいかい、無理してはいけないんだよ」

ローラはビショップの腕に腕を回し、彼をドアのほうへ引っ張っていった。二人の寝室のほうへ。

ベッドの横でローラがローブを脱いでいる間、ビショップはまたワイシャツのボタンをはずしたが、いやに時間がかかっているようだ。彼女はベッドに入ると、レースのネグリジェ姿で甘い気分に浸りながらビショップの様子を見守った。彼の視線はスタンドの光に包まれた彼女の上をゆっくりと動いている。ローラはビショップが寝る側の寝具をめくった。

「私の名誉にかけて、あなたに襲いかからないと約束するわ」本気半分、冗談半分で言った。

少ししてマットレスが沈み込んだかと思うと、ビショップがローラの隣に入った。横向きに寝てベッドに片肘をつき、探るような目つきで彼女の目を見る。「僕も約束するよ」

翌朝、無数の鳥の鳴き声にビショップは深い眠りから覚めた。不満げな声をあげながら目をこすったが、前日の出来事をつなぎ合わせて理解する前に、自分がいる部屋と山の空気の爽やかな匂いに気づいた。隣で眠っている天使のように美しい女性に。

ローラは仰向けに寝ている。頭のまわりに広がった艶やかな髪は光輪のようだ。レースのネグリジェの下にふくらみの先端で息づく薔薇(ばら)色の蕾(つぼみ)が見える。

ビショップの体の中を熱く激しい欲望が走り抜けた。思わずしみ一つない頬に触れようとしたが、寸前で手を引っ込めた。昨夜、ローラと同じベッドで寝たことだけでもよくない。彼女に手を出さないと約束したときは本気だった。しかし、彼女がすり寄ってきたら、どうやって止めればいいのだ？

ビショップは固く目を閉じて、かすかなジャスミンの香りとネグリジェと……ローラの肌の滑らかな感触以外のことを考えようとした。何時間、まんじりともせずにベッドに横たわり、彼女の背中を撫(な)でたり唇を重ねたりしないよう、自分を抑えていたことだろう。

今も苛酷な闘いは続いている。切迫した下腹部の脈動は、名誉など忘れてすばらしい曲線を描く体に手を這(は)わせるようけしかけている。男の体を燃え立たせる官能の高ぶりは、彼女の胸や腰に愛撫(あいぶ)を開始して、秘めやかな場所にあふれる甘い蜜を味わうよう要求している。

欲望の証(あかし)がさらに張りつめたので、ビショップはもう少しで苦悶(くもん)の声をあげそうになった。自分の欲求を正当化する前にこの部屋を出たほうがいい。

ビショップは静かに起き上がったが、ワイシャツの袖に腕を通したとき、新たな問題が頭に浮かんだ。この週末には何を着たらいいのだろう？　急いでいちばん近くの町に行ったほうがいいかもしれない。

腕時計を見ると、店が開くまであと二時間ある。

数分後、ビショップはホーム・オフィスにいて、机に置いた携帯電話を取った。受信メールを調べると、またウィリスからのメッセージがあった。

〝いったいどこにいるんですか？〟

ビショップは家の東側にあるベランダに出て、爽やかな朝の空気を胸いっぱい吸い込んだ。あたりには耳をつんざくばかりの鳥の鳴き声が響いている。この一年間、都心に住んでいたので、鳥の鳴き声がどんなに騒々しいか忘れていた。しかし、その声は気持ちを和ませるのと同時に、元気づけてくれる。

ビショップはウィリスの短縮ダイアルを押して電話機を耳に当てると、電話がつながるのを待った。木製の手摺り（てすり）に腰をのせ、小さなハリモグラが重い足どりで茂みに入っていく様子を眺めているうちに、ウィリスが電話に出た。

「もう出社しているのですか？」

「とても出社するどころじゃないんだ」

「昨日は早めに退社されましたが、その用事は片づいたのですか？」

「月曜までにはなんとかなるだろう」

「よかった。月曜日に社長から話をすると、買収希望者に約束したものですから。内々に合意を取りつけてから、相手企業が見たがっている書類を作成するよう、サエドに話しておきます」

ビショップはウィリスの計画に耳を傾けながら、かつて薪（まき）割りに使った切り株を見つめた。ウィリスの話が終わると、ビショップはぼんやりとうなずく。

「よさそうな話じゃないか」

ウィリスの返事が返ってくるまでに少し間があいた。「思ったほど意欲的ではないようですね」

「意欲はあるよ。ただ、こんなに早く気のあるそぶりを見せる企業が出てくるとは思っていなかった」

「気のあるそぶりなんかではありません。相手は本気ですよ。エージェントの話では、その中の一社は〈クランシー・エンタープライズ〉だそうです」

ビショップは長々と低い口笛を吹いた。「東海岸にある会社の半分はあそこのものじゃないかな」

そのとき、誰かが肩に触れたのでどきっとし、ビショップはすばやく立ち上がって振り返った。目の前にピンクのローブを着たローラが立っている。朝の冷気のせいか、鼻のてっぺんが赤くなっている。

ビショップの電話が目に入るや、ローラは引き下がった。「ごめんなさい、気がつかなかったわ」

別世界から呼びかけているかのように、電話の向こうからウィリスの声が聞こえてきた。「サム？聞いてますか？」

「だいじょうぶだよ」ビショップはローラに言った。「ちょうど切るところだ」そのあと、ふたたび電話を耳に当てる。「それじゃ、またあとで」

ウィリスは何もきかない。それがいい給料をもらっている理由の一つでもある。彼はいつ押し進むべきか心得ている。いつ引き下がるべきかも。

ローラは背中を丸めて自分の体を抱き締めた。今は春だが、ここでは朝方はかなり冷え込むのだ。

「こんな時間に電話をかけるなんて、急ぎの用事があったのではなくて？」

「きみが心配するようなことじゃないよ」

ローラは眉間にしわを寄せ、ビショップの顔から胸、さらに下のほうへ視線を動かしていく。ローラがゆっくりと首を振ったのを見て、彼は気を引き締めた。彼女には何か思い当たることがあったのだ。一年以上、このベランダにいる僕を見ていないことかもしれない。あるいは、僕が言ったことが彼女の記憶を刺激したのかもしれない。

ローラは首を傾げた。「どうして昨日と同じシャツを着ているの？　着替える服がないのかと思われてしまうわよ」

なんと答えたらいいのだろう？　ビショップは考えた。もうここには住んでいない。以前の衣装戸棚を見ても、僕の服は入っていないだろう。早く店に行って二、三枚シャツを買っていたら……。

しかし、このようなことはかならず起こるはずだ。だから説明するつもりはない。ただ空っぽの衣装戸棚を見せて、ローラの記憶がよみがえるのをそのままほうっておこう。

二人は家の中に戻り、廊下を歩いて寝室に戻った。ローラがベッドを整えている間、ビショップは自分の衣装戸棚の前に立ち、思いきって扉を開けた。

衣装戸棚の中に入っているものを見た瞬間、脚から力が抜けた。ビショップはぽかんと口を開けたまままさらに近づいた。

戸棚の中に渡されたレールには服がかかっている。だが、ほかの誰かのではない。ビショップの服だ。スーツ、ワイシャツ、ズボン、ジーンズ。彼は額に手を当てた。これは理解できない。たしかに何もかも置いていった。シドニーのホテルのペントハウスには衣類が十分に揃っていたからだ。ここにあるものは何もほしくなかった。ここで過ごした日々を思い出させるものはほしくなかったのだ。

僕がいなくなったら、ローラは夫の服をまとめて慈善団体に送るのではないかと思っていた。あるいは燃やしてしまうのではないかと。どうして彼女はここにあるものをすべて処分しなかったのだろう？

「手伝いましょうか？」

背後からローラの声が聞こえた。続いて華奢な手がビショップの肩や腕に触れた。その瞬間、全身が炎に包まれ、思わず彼はローラの手にもたれた。彼女は背中に唇を押し当て、彼の腕を握り締める。

「もちろん何も着る必要はないけれど……」ローラの手はビショップの腕を滑り下りて腰を通り過ぎ、ズボンの下に閉じ込められている情熱の高まりを見つけ出した。

ビショップの中で熱い欲望が渦巻いた。ローラの手の上に自分の手を重ねると、頭の中が空っぽになり、もう一度彼女を自分のものにしたいということしか考えられなかった。彼女のキスに酔いしれ、僕のキスで彼女を満たしたい……。

ビショップははっとわれに返り、自分の下腹部からローラの手を引き離した。体の中を駆け巡る激しい炎を抑えながら無理に笑顔をつくる。

「本当にきみは人を言いくるめるのがうまいな」

「あなただって〝いいよ〟と言いたくてたまらないのでしょう」ローラは爪先立ちになり、歯でビショップの下唇をはさんで引っ張った。

ビショップの脚の付け根で炎がほとばしり、短い導火線に点火した。ローラはひげを剃っていない顎に唇を這わせたあと、口を開いたままビショップの口に押しつける。彼は身を震わせながら彼女のキスを受け入れた。血管の中を熱いものが流れ、体中の細胞がキス以上のものを求めている。

ローラが喉の奥で声にならない声をあげると、その振動がビショップにも伝わり、下腹部で火花が飛び散った。柔らかな胸のふくらみに触れながら、彼女の口の奥深くに舌を差し入れると、たがいに求め合う圧倒的な力に負けて頭の中から善悪の意識は消え去った。

ローラはワイシャツの下で両手を動かしていたが、ビショップが指先でふくらみの先端をもてあそぶと、彼のもう片方の手を取って自分の腹部に押し当てた。ビショップの指はさらに下のほうへ動いていく。彼女は下着を着けていない。サテンのネグリジェの下で熱く燃える体ははやくも潤み、彼を迎え入れる準備ができている。

「抱いて、ビショップ」

「どんなにそうしたいと思っているか、きみにはわからないだろうな」

「あら、わかってるわ」

ローラは唇を重ねながらほほ笑み、ビショップの脇腹に手を滑らせた。

ビショップはこれが現実ではないことを忘れそうになった——もう一度ローラをベッドに入れ、彼女が差し出しているものを楽しみそうに。しかし……。

ビショップはローラを抱いたまま息を吸い込み、懸命に考えをまとめようとした。

「思うんだが……こんなことはやめたほうがいい」

「何も思わないで」

ビショップは少しローラを押した。「先生が言っていた——」

「先生がなんと言おうとかまわないわ」

「聞いてくれ。こんなことはよくない」

ローラは顔を近づけてビショップの目をのぞき込む。「私が避妊具を使わないよう頼むんじゃないかと思っているからなの？　今、子供を作りたがっていると思っているから？」

ビショップは肩を引いて顎の先を上げた。「頭を冷やして、シャワーを浴びよう——」

ローラの目が輝いた。「いいアイデアね！」

「一人で浴びるんだよ。何か食べよう。おなかがすいているだろう。それから……その問題を話し合おう」

そう、話し合うのだ。話し合うことでローラを——二人を——正気づかせることができるなら、妊娠に伴うリスクを強調した話をするほうがいい。

4

寝室からローラの叫び声が聞こえてきたので、ビショップは驚いて椅子から飛び上がった。すぐさま開いたガラス戸から家の中に入り、居間を通り抜けて廊下を駆けていった。

先ほどシャワー室から出たとき、まだ主寝室の浴室から水の流れる音が聞こえていた。ローラは浴槽に浸かるのが好きなのだ。彼女が出てくるまでもう少し時間がかかるだろう。ビショップはもう一度パソコンを開けて仕事をしようかと思ったが、その前に家のまわりを見て屋外プールや排水溝が使用可能かどうか調べることにした。

物置で網を見つけたあと、ビショップは屋外プールの浮遊物をすくった。ローラのことだから、二週間に一度くらいは誰かにプールの管理を頼んでいるはずだ。両親の死後、ローラとグレースはかなりの遺産を相続しているし、別居後はビショップも月々多額の生活費を送っている。弁護士から離婚後に財産分与が行われるまで待ったほうがいいとアドバイスされたが、少しでもローラの力になりたかったのだ。しかし、先月、離婚が成立し、財産分与の問題も決着がついた。ビショップはローラにこの家と土地を与えた。自分のものにしたら、そこかしこに過去の亡霊を見るとわかっていたから、いずれ売却することになっただろう。二人とも蛇や蜘蛛が出てもあまり気にしなかったが、有毒なものも多いかもしれない。今、ローラの叫び声を聞いて、ビショップは考え直したほうがいいのかと思った。

毒を持つブラウン・スネークが押し寄せて、ローラは窮地に陥っているのだろうか？　またどこかから落ちたのか？　もちろん彼女の記憶が戻った可能性もある。昨日、自分に愚かな真似をさせた僕を殺したくなり、わめきちらしているのかもしれない。

ホーム・オフィスの前でビショップはローラと鉢合わせした。彼女の顔は赤く染まり、白いショートパンツから伸びた日焼けした脚はうっとりするほど長い。彼女はビショップの顔の前で片手を振り、またしても甲高い声をあげた。

「ここにあったの！　ずっとここにあったのよ」

ビショップはローラの腕をつかんだ。「落ち着いてくれ。何があったんだ？」

「これよ」

ローラは指を動かした。窓から差し込む陽光を受けて、二年前、ビショップが彼女の薬指にはめたゴールドの結婚指輪とダイヤの婚約指輪がきらめいた。

「病院に行く前にはずしたのね。どうしてなのかよくわからないわ。何も思い出せないのよ」

ビショップはゆっくりと息を吐き出した。ローラは転倒したわけではない。蛇に咬まれたわけでもない。よかった。彼女が結婚指輪と婚約指輪をはずしたことを覚えていないなら……。

「そんなことはもうどうでもいいよ」ビショップはつぶやいた。

とはいえ、もちろんどうでもいいことではない。医師の話では、少し刺激を与えれば記憶は回復するとのことだった。ローラをこの現場に連れ戻すことは十分な刺激になったはずだ。最後の口論のあと、二人は一週間以上口をきかなかったが、たまたまこの場所ででくわした。つかの間気まずい時間が流れたあと、ビショップは仕事があると言い、ローラの横を通り過ぎようとした。すると、彼女はそれなら会社に住み込んだほうがいいでしょうと言い返した。さらに涙をこらえながらこれは本気だと言った。荷物をまとめて出ていって、今すぐ出ていって、と。

「今は週末なのだから、あなたも自分のを着けて」

ローラが言っている。

　現実に引き戻されたビショップは顔をしかめた。

ローラは僕の結婚指輪のことを言っているのか？

「平日に着けられないのはわかっているわ。あなたは現場や工場に行って作業に関わりたい質だから、指輪を着けていると、事故を引き起こす危険性があるのでしょう。でも、週末は……」ローラは跳び上がってビショップの頬にキスした。「あなたと私の二人きりなんですもの」

　一年前、ビショップはここに自分の結婚指輪を置いていった。いや、家を出る前に暖炉に放り込んだのだ。それなのにどうして今、あの指輪を着けると約束できるだろう？

　そのとき、ローラがもう片方の手を差し出した。握り締めた手を開くと、一年前にビショップが暖炉に投げ込んだゴールドの指輪が現れた。

　ビショップは仰天した。こんなことはありえない。ローラの手から指輪を取って内側の刻印を調べた。

〝永遠の愛を込めて〟

「どこでこれを？」

「いつもしまっておくところ。私の宝石箱よ」

　ビショップは指輪から元妻の顔に視線を移した。宝石箱だって？　僕が去ったあと、ローラは暖炉から指輪を掘り出したのか？　ほかの説明は考えつかない。しかし、あのときの心の痛手や挫折感、彼女が口にした感情的な言葉を思い出すと……。

「指輪をはめる？」ローラがきいた。

　ビショップはいやだと言おうとした。ローラがどう思おうと、離婚は成立したのだ。だが、どうしてもいい答えを思いつかない。曖昧な態度をとることもできるかもしれないが、それでどうなるだろう？彼女に疑念を抱かせるだけだ。じきにローラの記憶は戻るだろう。そのときまで……。

ビショップがぎこちなくうなずいて左手を上げると、ローラは彼の指先に指輪を当てた。指輪が指の付け根に収まったとき、彼女の目はさらに輝いた。

「今日は何をしたい？」

ビショップは自分の指からローラの生き生きした美しい顔に視線を移した。彼女が着ている薄紫色のトップスは上品な作りだが、かなり襟ぐりが深い。ビショップは唾をのみ込んだ。「きみは何をしたいと思っていたんだ？」

「チェスを教えてくれないかしら？　前に教えてくれると言っていたでしょう」

ビショップはすでに教えている。ローラは覚えが早かった。彼はわざと勝たせようかと思ったが、賢い彼女はその手には乗らず、いつか堂々と勝ってみせると言った。今、あのチェス盤の前に座ったら、ローラは僕が教えた手を思い出すだろうか？

ビショップはローラを自分のホーム・オフィスに連れていき、置きっぱなしになっているチェス盤に近づいた。「チェスについて知っていることは？」

「ビショップがいること」

ビショップは小さく笑った。「当たり」

「白が先手だということ」

「それも当たり」

ビショップは黒駒側の椅子に座り、ローラは白駒側の椅子に腰を下ろした。

ビショップは黒のキングの真ん前に置かれている駒を軽くたたく。「これがポーンだ」

「一度に一つ動くんでしょう」

「前進するだけだよ」

「駒を取るときは斜めに進んでもいいのよね」

「レッスンは省いてゲームを始めたほうがいいかもしれないな」

「あら、これくらい、誰だって知っているわ」

「ほかにどんなことを知っているんだ？」

「お城は――」

「ルークだよ」

「……縦横に動くことができるわ。馬はいちばんきれいな駒で、女王はいちばん強いのよ」

「あまり専門的な言い方ではないけどね」

「ねえ……チェスってみんなが言っているようにむずかしいの？」

「相手のつぎの手を読むことができなければね」

「相手のつぎの手を読むですって？　どうしたらそんなことができるの？」

　ビショップは二本の指で黒のクイーンをはさんだ。

「そこが腕の見せどころだよ。それに運も必要だな。ときには偶然の結果ということもある」

　最初のレッスンをしているとき、ビショップの携帯電話が鳴ったので、ローラはしばらく脚を伸ばすことにした。キッチンに行き、飲み物を用意しながら自分に言い聞かせた。ゲームの基本を理解するのはあまりむずかしくない。ある程度軌道に乗れば、ビショップは私との対戦が楽しくなるだろう。

　心臓外科病棟に入院したとき、時間つぶしによくトランプをした。眠れないときには看護師に相手になってもらったこともあるし、ほかの子供と一緒にすることも多かった。けれど、昨日の出来事が起こる前はしばらく入院していない。体内に除細動器を植え込んでいるし、薬も服用しているので、健康状態は良好なのだ。

　この心臓病は母方の家系から受け継いだものだ。叔母が十代でとつぜん亡くなったので、家族で検査を受けた結果、先天性の心臓病と診断された。けれど、ビショップの家族にも過去に悲しい出来事があったので、彼は養子縁組賛成の立場をとっているのではないだろうか。

　ビショップは双子だったが、彼だけが生き残った。

そのことにうしろめたさを感じているかどうかはきくまでもない。ビショップは自分の誕生と弟の死に関する話を少しだけ聞かせてくれた。ところが、もっと掘り下げた話になると、自分の殻に閉じこもり、両親からさんざんその話を聞かされたからもう十分だとしか言わなかった。少年時代、両親の悲しみを思って自分まで暗くならないよう懸命に頑張っていたのだろう。とはいえ、結婚式に参列したとき、彼の両親のアーリーン・ビショップもジョージ・ビショップもとても感じがよくて友好的だった。一人息子を誇りに思い、もっと近くで暮らしたいと言った。五年前に二人はオーストラリア大陸の反対側にあるパースに引っ越した。それでも、しょっちゅう連絡をとるつもりだし、新婚夫婦にも同じようにしてほしいと頼んだ。両親と息子の間に大きな亀裂はなさそうだから、ときが経つにつれてしだいに疎遠になるようなことはないだろう。

ローラとグレースはとても仲がよく、両親とも仲がよかった。最初に自動車事故で父親が亡くなり、その後母親が癌で他界したとき、姉妹は打ちひしがれた。二人は今でもおたがいの生活に深く関わっているけれど、ビショップはグレースが妹に必要以上に大きな影響を与えていると思っている。

とはいえ、何が〝必要以上〟なのだろう？　二人は仲がいいし、今までもずっとそうだった。グレースには四歳の男の子と三歳の女の子がいるけれど、いつでも喜んでわが家に妹を迎えると言ってくれている。結婚前にグレースが自分の懸念をはっきり口にしたとしても、それは自分以上に妹を愛し、心配している人間はいないと思い込んでいるからだろう。

ローラが冷たい水を飲みおえても、ビショップはまだ電話で話しているので、彼女は新鮮な空気を吸うことにした。

外に出ると、陽光を浴びてユーカリや松の葉が黄金色に染まっていた。ローラはカーディガンを脱ぎ、木の股でまどろんでいるコアラの親子を見つめ、そのバランス感覚に驚いた。その木立の向こうには煉瓦と厚板で作られた橋がある。

急に胸を蹴られたような衝撃を覚えてたじろぎ、ローラは一歩引き下がった。

橋から落ちる前後のことが思い出せない。けれど、あの橋を渡るのは久しぶりだった。あのとき、橋から身を乗り出して何かを見ようとしたのかしら？　露に濡れた場所を踏んで滑ったのか――。

一瞬、頭の中を何かがよぎった。それをいつまでも留めておくことはできなかったが、胸の痛みが下のほうへ移動した。ローラは腹部を押さえた。額には汗が浮かんでいる。彼女は震えながら橋を見つめ、すぐさま別の方向に歩きだした。

ローラが東屋に向かっているとき、ビショップが追いついた。魅力的な顔はこわばっているが、ブルーの目にはほっとしたような表情が浮かんでいる。彼はローラのむき出しの肩をつかみ、近くに来るよう促した。たくましい手のぬくもりと目に浮かぶ誠意に気づき、ローラはほのぼのとした気分になった。

「きみの姿が見えないから心配したよ」

「外はとってもきれいだし、あなたの話がいつ終わるかわからなかったから。大事な用事だったのでしょう」

ビショップの手はローラの腕を滑るように動いたあと、完全に離れた。「実は、会社を売却しようと思っているんだ」

ローラは息をのんだ。今、聞いた話が本当だとは信じられない。ビショップはゼロから築き上げた会社をとても誇りに思っている。なおいっそう事業を拡大させる計画を立てていたはずなのに。

「いつからそんなことを？」

「しばらく前から考えていた」

「金銭的な問題でもあるの?」

「新しいことに挑戦したいと思ったんだ」

「今までよりも頻繁に家を留守にするの? いいえ、別にかまわないのだけれど」ローラは急いで言い添えた。「だいじょうぶ。ちょっと……その……犬でも飼おうかと思っていたの。一日中、私のそばにいてくれる仲間がほしいから」

「犬を飼うのはいいアイデアだと思うよ」

「本当に?」

ビショップはほほ笑んだ。春の日差しを受けてブルーの目が輝いている。「調べてみよう」

ローラはビショップに抱きついて頬にキスした。

「なぜかだめだと言われるような気がしたのよ」

「どんな名前がいいかな」

「まず会ってみなくては。家族になるんだから、その子がここに来る前に名前をつけたりできないわ」

東屋に入りかけたところでビショップの足が止まったので、ローラは唇を噛(か)んだ。話のきっかけとしてはぎこちないけれど、いつかこの話はしなければならない。

ビショップが東屋の縁に設(しつら)えられたベンチに腰を下ろすと、ローラはその横に座り、彼の額にかかる髪を払いのけた。

「うまくいかないかもしれないことを心配したくないわ。うまくいくことをあれこれ考えるほうがいいんじゃないかしら」

ビショップが何も言わずに顔をそむけたので、ローラはまた下唇を噛んだ。つぎの言葉を考えてから、慎重に口に出す。

「弟さんが亡くなったときは、本当につらかったでしょうね」

「僕と弟は生まれたばかりだった」ビショップは眉根を寄せてローラと目を合わせた。「それと今の僕たちのことはなんの関係もない」

「私はただ……」だが、ビショップは口を固く結び、伏し目がちになった。ローラはいつ引き下がったらいいのか承知しているので、こわばった体から力を抜いた。「あなたはこの話が好きじゃないのよね。持ち出すべきじゃなかったわ」

ビショップは髪に手をやり、苦しげな声をもらした。ローラの言うとおりだ。双子の弟の話はしたくない。結婚生活が続いていた間も話したことはない。今、ローラが話したいと思っているなら、話したほうがいいのかもしれない。何かが刺激になって彼女の記憶が戻れば、僕はこの苦くて甘い混乱状態から抜け出せるだろう。

「僕たちは一卵性双生児だった」ビショップは開いた腿の間に両手を垂らした。「生まれる前、僕がほとんどの栄養をとっていた。もう片方は……」

「弟さんね」

「生後四日目に死んだ」

「あなたはそのことをすまないと思っているのね」

ビショップは自分のせいではないことを説明したい衝動に駆られた。あれは仕方のないことだったし、両親からも責められたことはない。

しかし、誕生日、クリスマス、入学式、卒業式、イースター、ことあるごとに両親はそのことを思い出させた。〝おまえの弟がここにいてくれたらなあ〟〝今日、あなたの横にあの子がいてくれないのが悲しいわ〟

ビショップも両親の後悔や失った子供に執着する気持ちを尊重していた。しかし、一度でいいから、自分が何かを成し遂げたときに、その出来事を持ち出さずに評価してほしいと思った。

ビショップは息を吐き出した。「ああ、そのことを考えるたびに……すまないと思っている」

「私に心臓病を伝えたことを母もすまないと思っていたわ。でも、私はこう言ったのよ。私を産んでくれたことには感謝しているし、胸に小さな金属を入れるのと薬をのむくらいなら高すぎる代償とは言えない、と」

「だが、きみを身ごもったとき、お母さんはリスクがあることを知らなかったんだろう」

「私は知らなくてよかったと思っているの。母も知らなくてよかったと認めていたわ。子供が生き甲斐(がい)だといつも言っていたから」

「だからきみは昔ながらの方法で子供を持ちたいと考えているんだな」

ローラは目を輝かせた。「そうよ」

二年ほど前にこの話をしたとき、ビショップはローラの考えに同意した。彼女は大喜びし、数週間後に妊娠が確認された。そのときから薔薇(ばら)色の人生が始まり、幸せな家族が生まれるはずだった。

だが、そうではなかった。

どちらがひどい状況だったのかわからない。

弟の死後、長い間苦しみを隠そうとしている母親を見守ることか。あるいは、流産したあとのローラの悲しみを受け止めることか。僕が自分の意見を曲げず、絶対に養子をとると言い張ったら、ローラは〝出ていって〟と言っただろうか？ それとも今頃、僕たちは健康な赤ん坊と一緒に幸せに暮らしていただろうか？

「それで……どう思う？」ローラがきいた。

もうこんな話はやめさせようとビショップは口を開きかけたが、ローラの目に浮かぶ期待に満ちた表情に気づいたとたん、議論する気力が失(う)せた。

「思うんだが……」

ローラの口の端が上がった。「えっ？」

「そのことについてはもっと考える必要があるんじゃないかな」

ローラの笑みが頼りないものになり、目がどんよりとしてきたが、顔からは失望感が消えて、持ち前の楽観的な表情に変わった。

「シドニーで《くるみ割り人形》の公演があるの」

ローラは急に話題を変えた。「今夜のチケットは売り切れでしょうけれど、明日の分は手に入るんじゃないかしら」

最後にバレエを観に行ったとき、二人は口論した。大事な取引相手とその妻にみっともないところを見られてしまった。気分のいいときでもビショップはチュチュやタイツが好きではない。あの夜のあと、二度とバレエを観ないと心に誓った。

「あなたがバレエ好きじゃないのは知っているけど……」

「だが、きみは好きなんだろう」

明日の夜、シドニーに行くとしたら、あと二十四時間、二人はこの状態のままだ。何かひらめいたら——運がよければ——バレエを観に行かなくてもいいかもしれない。

5

ビショップが近くの店に食料品を買いに行くと言って出ていったとき、ローラは避妊具が目当てではないかと疑った。すでにベッド脇の引き出しを調べたけれど、買い足す必要はない。手持ちの避妊具はたくさんあるのだから。

それでも、ビショップが避妊具を買いに行ったとしてもかまわない。昨日、子供を作る話を切り出したばかりだ。自分の考え方に夫を同調させるのはむずかしいかもしれない。けれど、急がなくてもいい。私たちはうまくいっているから、そんな考え方の相違も障害にはならないだろう。

ローラが自分のホーム・オフィスでパソコンに向

かっていると、ビショップが帰ってきた。彼が近づいてくる気配を感じてローラは椅子に座ったまま向きを変え、顔を上げてキスを待った。彼は探るような目つきで見たあと、頬に軽くキスした。

ローラは胸に鋭い痛みを覚えた。昨夜、ビショップはキスすることを避けた。今もおざなりに頬に唇を押し当てただけだし、今日はずっとキスしてくれなかった。それでも不機嫌そうな態度を見せず、ローラは冗談めかして言った。「橋から落ちたとき、唇をけがしたわけじゃないのよ」

そう言うと、いきなり首に手を回してビショップの顔を引き寄せた。ローラの唇は弾道ミサイルのように正確に彼の唇をとらえた。彼の口がかすかに開いていたのを、彼女は合わせた唇で確かめた。

ローラは重ねた唇を動かしながらビショップのうなじに手を這わせた。一瞬、彼が抵抗する仕草を見せたので、身を引くのではないかと思われた。ところが、彼の喉の奥からくぐもった声がもれた。その振動がローラの舌に伝わってきたかと思うと、ビショップは彼女のキスに応えた。

ところが、その触れ合いは長くは続かなかった。ローラがそろそろ寝室に行きたいと思ったとき、ビショップは彼女の肩をつかんで二人の体を離した。彼がまた医師の指示についてあれこれ言いださないうちに、ローラは口を開いた。

「私の思い違いだったわ」

「思い違いって、何が？」

「今、上演されているのは《くるみ割り人形》じゃなかったの。《白鳥の湖》よ」

「《白鳥の湖》か？」

「別に行かなくてもいいのだけれど……」

「いや、行こう」ビショップはローラの顔からコンピューター画面に目を移した。「最後に観に行ったときのことは絶対に忘れられないよ」

ローラは記憶をたどった。「たしか一緒に行ったのは一度きりよ。結婚前だったわ」

「そのあと、もう一度行っているはずだ」

ビショップの真剣な表情を見てローラは吹き出した。「そんなにひどかった？　タイツ姿の男性に追いかけられる夢でも見たようね」

「たぶんそうだろうな」ビショップはローラが座っている椅子のほうに顎を動かす。「貸して。僕がチケットを取るから」

ローラは椅子から立ち上がった。「それなら、私はキッチンで一仕事してくるわ」

ローラは料理が好きだった。オーブン料理、タイ料理、新感覚の食前酒や前菜、おしゃれなデザート、なんでも作る。母親はいつも言っていた。〝男性の心をつかみたければ、まず胃袋をつかみなさい〟と。

キッチンに入ったローラは、カウンターに並んでいる食料品の袋を見て驚いた。ビショップはずいぶん買い込んだようだ。彼女は冷蔵庫と食料貯蔵室に食料品を入れたあと、ビショップが買ってきたスコーンを温めるためにオーブンのスイッチを入れた。明日は自分で粉を練ってスコーンを焼こう。

ローラは調理器具が入っている引き出しを開け、スコーンの温めに使う天板を取り出そうとしたが、手を伸ばしたとたん頭の中が空っぽになった。すぐに何を捜しているのか思い出し、ふたたびケーキ型や金属製の皿をかき回した。けれど、パンやスコーンを温めるのに使う天板はどこだろう？　ローラは腰に手を当てて木製の食器戸棚を見た。いったいどこにしまったのかしら？

しばらくして、さまざまな天板の下からスコーン用のものを引っ張り出した。今は少し頭が混乱しているけれど、すぐに落ち着くだろう。

湯気の立つコーヒーが入ったカップを持ってローラが部屋に戻ると、ビショップは別のウェブページを開いていた。彼女は画面の映像に目を向けた。ふわふわした毛に包まれた動物が、〝お家に連れてって〟と訴えかけるような目つきでこちらを見ている。

ローラが興奮して小さく跳び上がった拍子に、コーヒーがトレイに飛び散った。

「子犬ね！」机の端にトレイを置いて椅子を引き寄せた。「コッカー・スパニエルがいいんじゃないかと思っていたのよ」

ビショップは机に肘をついててのひらで顎を支えた。「あまり頭がよさそうじゃないけどね」

「性格が優しくて穏やかだし、抱き締めたくなるほどかわいいわ」

「もっと大きな犬のほうがいいだろう」

「もっと強い犬ということ？」

ビショップはマグカップを取った。「きみの家の近くにはあまり人が住んでいないからね」

「〝私たちの家〟でしょう」ローラは言い直した。

ビショップはマグカップを置き、ふたたびパソコンで検索を続けた。「ドーベルマンもいいかもしれないな」

「すてきだけれど、あんな攻撃的で精力旺盛な筋肉のかたまりにすり寄るなんて考えられないわ」

「ドーベルマンはとても忠実だそうだよ」ビショップがパソコンを操作すると、画面には艶やかな毛並みと、先の尖（とが）った耳、そして鋭い目を持つ犬の画像がつぎつぎに現れた。

「犬を飼ったことはあるの？」

「ゴールデン・レトリーバーを」

「盲導犬ね」

「それに使われている種類もあるけどね」

「ちょっと出してみて」

少しして画面に現れたかわいらしい子犬を見て、ローラは子供のように喜んだ。思わずマウスを握っているビショップの手に自分の手を重ね、もっと情報を得ようと画面をスクロールした。

「とってもかわいいわ」ローラが言ったのと同時に、ビショップは手を引っ込めて咳ばらいをした。「みんな、笑っているように見えるわね。どれにしたらいいのかわからないわ」

「飼い犬に最適」ビショップは宣伝文句を読んだ。「気性は穏やか。食べすぎる傾向がある。毛が抜けやすい。関節に問題あり」椅子に座ったままそわそわと体を動かす。「飼い猫の骨折を治すのに二千ドルも払った友人がいるんだ。関節に問題があると、かなり医療費がかかるな」表示画面を前のページに戻した。「ロットワイラーを見てみよう」

「番犬はいらないわ。ペットがほしいの。私たちの家族の一員になってくれる存在が。ねえ……今でもレトリーバーが好き?」

「もちろん」

「二人ともレトリーバーを飼いたいと思っていて、将来、その犬がお医者さまにかかる可能性があるとしたら、ほかに問題があるかないかで決めるよりも、本当に飼いたい犬を選んだほうがいいんじゃないかしら? どこにでもリスクはあるわ。どんなことにもリスクはつきものなのよ」

ビショップは顎を突き出し、片方の眉を吊り上げた。彼が考えている間、ローラは手を組み合わせて待った。言いたいことは言った。私が話したかったのはどの犬を飼うかという問題だけではない。

「でも、今日決める必要はないのよ」ローラはなだめるように言った。「別に急いでいるわけじゃないのだから」

「たしかにきみの言うとおりだ」ビショップが画面右上の×印をクリックすると、子犬の画像が消えた。

そのとき、電話のベルが鳴った。今度は携帯電話ではない。つまり、仕事の電話ではない可能性が高い。図書館のキャシーからかかってきたのかもしれない。ローラはキャシーと五十代以上の人びとに向けた読み書き講座を始める話をしていたのだ。

最後にどんな話をしたのか思い出そうとしながらローラは椅子を引いた。だが、はやくもビショップは立ち上がっている。

とつぜん鳴りだした電話の音に彼は動揺し、すばやく動いて受話器を取った。

先ほど商店に向かう車の中で、不意の電話が引き起こす問題のことを考えていた。ローラの友人が電話をかけてきたら、すぐに話がくい違って双方とも疑問を抱くだろう。ローラが窮地に追い込まれて、いきなり現実を直視させられるような状況になってはならない。

家に戻る途中、ビショップは電話が鳴ったら先に出ようと心に決めた。ローラを友人やほかの人間と接触させず、前もってみんなに状況を説明して、これからは注意して扱ってくれるよう頼もう。いずれローラはメールを調べるだろう。《くるみ割り人形》が上演されているはずなのに《白鳥の湖》だったというようなおかしな出来事がもっと起こるだろう。バレエのチケットを予約する際にウェブページの日付を見るかもしれない。すぐにいろいろな疑問が湧き上がるだろう。最終的には答えを知らなければならないのだ。

だが、しばらくは……。

ビショップは受話器に手を当てたまま言う。「僕にかかってくるはずなんだ。ひょっとして、あの匂いはスコーンを温めているのかな?」

ローラは椅子から跳び上がり、一目散に駆けだした。「すっかり忘れていたわ」

廊下を走る足音が消えるまで待ってから、ビショップは電話に出た。「もしもし」

「どんな具合かしら?」

ビショップは息を吐き出した。緊張感がいくらか和らいだ。電話をかけてきたのはグレースだ。

「思ったほどひどくはないけどね」

「記憶は戻った？」

「ぜんぜん」

「私が行ったほうがいいんじゃないかしら」

「お好きなように」

「でも、あなたは来てほしくないんでしょう」

彼はにやりと笑う。「よく僕の気持ちがわかるね」

「ローラは楽しそうにしているのかしら？」

「とても楽しそうだよ」

「この件が片づいたときに、ローラが理解してくれるといいけれど……」

「それは最後にどちらが残るかによるだろうね。今のローラか、それとも、早く僕に出ていってほしいと思うローラか」

「今、私の名前を呼んだ？」

どきっとしてビショップは振り返った。ローラがスコーンとホイップバター、ジャムをのせたトレイを持って立っている。屈託のない表情を見ると、話をぜんぶ聞いたわけではないようだ。

ビショップは自分の笑顔がわざとらしく見えないことを祈った。「お姉さんからだよ」

ローラはふざけて目を丸くした。「お姉さまと話していたの？」

「きみの体調について」

「ついにあなたたち二人が話をしたなんて、橋から落ちた甲斐があるというものね」ローラはトレイを置いて受話器を受け取った。「こんにちは、お姉さま。元気？　ええ、私はだいじょうぶよ」

ビショップはバターとジャムを塗ったスコーンにかぶりついた。グレースとローラの電話はしばらく終わらないだろう。それを立ち聞きする必要はない。

ビショップはローラの部屋から出ていった。廊下の壁に飾られた絵は一年前に出ていったときと変わらない。彼はさらに進んでキッチンに入り、艶やかな花崗岩のベンチや磨き抜かれた調理器具を見つめた。ここでローラはすばらしい料理を作るのだ。

ビショップは居間に通じるアーチの下で足を止めた。インド更紗が張られたソファも、精巧に作られた木製の家具も、大きな暖炉も一年前と変わらない。いくたびあの暖炉の前でローラとともに夜を過ごしたことだろう。

ビショップの視線は大理石のマントルピースのほうに移った。その上にはさまざまなものが並んでいる。銀製の燭台、バレリーナの像、ローラが置き忘れたカップ。視線がさらに上のほうへ動いていくと、一瞬胸の鼓動が止まった。

結婚記念の写真がない。

どうしてだろう？　ここはローラの家だ。二人は一年以上別居していた。彼女はあの写真を焚きつけに使ったのか？　だが、彼女は僕の服も結婚指輪もとっておいた。写真もしまってあるのかもしれない。

お気に入りの写真がないことに気づいたら、今のローラはなんと言うだろう？

ビショップはあたりを見回した。ローラが気づく前に写真を見つけて暖炉の上に戻したほうがいいだろうか？　それとも、写真がないことに気づいたら、記憶を呼び覚ますスイッチが入るだろうか？

もっとも、先ほど二人の間に起こったことはなんらかの刺激になったはずだ。

起こるべきことが起こった。僕はローラにキスした。いや、彼女が僕にキスしたのだ。しかし、僕は止めなかった。止めようともしなかった。

ローラに対する態度を和らげたらどんな気持ちになるだろう？　妙な気分か？　楽しい気分か？　夢見心地になるだろうか？　だが、その先のことを考えずにいられない。なぜなら今夜、ローラは唇以外のものを求めてきそうだからだ。

「明日、会いに行こうと思っていたのよ」電話の向こうでグレースが言った。

ローラは窓際に置かれた肘掛け椅子に腰を下ろしてくつろいだ。「ぜひそうしてほしいけれど、私たち、シドニーに行くのよ。バレエを観に」

「そんなことをしてだいじょうぶなの？」

「ああ、お姉さままでそんなことを言わないで！」

「あなたのことが心配なのよ」

ローラは小さく笑った。「わかったわ」

「ビショップはあっちに泊まるの？」

「明日の夜のこと？　どうしてそんなことを？」

「彼は忙しい人でしょう。月曜日の朝にまた車を走らせてそっちから会社に行くよりも、街にいたほうが都合がいいんじゃないかと思ったのよ」

「ビショップはそんなことを言っていなかったわ」

「彼はどんな調子？」

「どうして急にビショップに興味を持つの？」

「私のかわいい妹をちゃんと扱っているかどうか確かめているだけよ」

「それはいつも変わらないわ」

「本当に？」

ローラはかすかな苛立ちを覚えた。「お姉さまは私たちの結婚が早すぎたと思っているのでしょう。そのとおりかもしれないわね。もう少し待っていろいろな問題を解決したほうがよかったのかもしれないわ。でも、私たちは愛し合っているのよ。愛があれば理解し合えるわ」

「あなたは養子を取りたくないんでしょう？」

「昨日、その話をしたの。二人なら問題を解決できるわ」

グレースはため息をついた。「ああ、あなたの言うとおりだといいけれど……」

6

ローラは夕食に肉のローストを作り、さまざまな付け合わせとローズマリーを入れたクリームソースを用意した。デザートを食べたあと、ビショップが自分のホーム・オフィスに引き上げてしまったとき、ローラはがっかりしないよう自分に言い聞かせた。ビショップは私を避けている。というよりは、厄介な問題を避けているのだろう。

それでも、後片づけをおえてシャワーを浴びに行く途中、ローラは夫の身になって考えた。私が完全によくなるまで、ビショップは離れているつもりなのだ。私には安静が必要だから自分は一人でいなければならないと思っているなら、彼の希望を尊重しよう。ある程度は。

シャワーを浴びる前、ローラは絆創膏(ばんそうこう)を剥(は)がした。鏡を見ながら頭のこぶとかすかな傷跡に触れた。傷はほとんどない。頭痛もない。正直な話、二メートルほどの高さの橋から落ちたのだから、もっとひどいけがをしてもおかしくなかった。

熱いシャワーを浴びたあと、注意しながら体を拭き、ビショップの好きなタルカム・パウダーをはたき、ギリシャへハネムーンに行ったときに着たネグリジェを着た。あのとき以来、これは着ていない。

寝室に入って、ローラは時計を見た。八時四十三分。深く息を吸い込んだあと、彼女は自信に満ちた足どりで廊下を歩いていった。

ところが、ビショップはホーム・オフィスにいない。東側のベランダに出て柱にもたれている。

ローラはビショップの背後に忍び寄り、彼のウエストに手を回して広い背中に頬を当てた。彼独特の香りが胸いっぱいに入り込んで全身を駆け巡る。ローラは目を閉じてシャツに顔を押しつけ、その香りを――その瞬間を――永遠に記憶に刻みつけた。

ビショップは近づいてくるローラに気づいていたにちがいない。抱きつかれても動かなかった。それでも、細長い指がシャツの前部を這(は)い上がり、てのひらが胸に押し当てられると、ビショップは彼女の手に自分の手を重ねた。

「ここは寒いよ」

「気がつかなかったわ」ローラは反対側に回り、静かに眠る山々の風景と夫の間にたたずんだ。ビショップが何か言おうとすると、彼の唇に指を当てる。「お医者さまの指示なんて聞きたくないわ。寒くもないの」夫の腰に腕を回す。「あなたのそばにいるかぎり」

暗がりの中でビショップはローラの額を見つめる。

「絆創膏を剥がしたんだね」

「もっと剥がしたいものがあるの」ローラはビショップの手を取って自分の肩に持っていき、ネグリジェの紐(ひも)がはずれるまで動かした。それから彼の手首にゆっくりと唇を押し当てる。「愛しているわ、ビショップ。あまりにも愛しすぎて……つらくなることがあるの」てのひらにキスしたあと、一本一本の指にも唇を寄せる。「この前、愛し合ったのはいつだったかしら？」

「ずいぶん前だな」

ローラは頭をそらし、ビショップの指を自分の喉に当てた。「もう長いこと、あなたに抱かれていないような気がするわ」

ローラの助けを借りなくても、ビショップの手は彼女の喉から肩へと動き、背筋を滑り下りてふっくらした臀部に到達した。体の中で無数の火花が飛び散り、思わずローラは悩ましげな声をもらした。

「ビショップ、ベッドに連れていって」

窓から差し込む月明かりを浴びてたたずむ彼女の姿は息をのむほど美しい。

ローラが腕を上げたとき、その意味を理解したビショップは軽い生地を持ち上げてネグリジェを脱がした。シルクとレースが床に落ちる前にビショップは唇を寄せる。

ローラは全身を小刻みに震わせながらビショップの硬い胸や引き締まった脇腹に手を這わせた。熱いキスに陶然となりながらも、彼がベルトの下からシャツの裾を引っ張り出すのを手伝い、ボタンをはずした。ビショップのキスは巧みで思いやりがあり、同時に激しさもある。わくわくするような感覚が――甘い記憶が――湧き上がり、体中を駆け巡った。ビショップの唇がローラの唇を離れ、首から肩にかけて続く曲線をたどると、彼女の中にあふれ出した快感は勢いを増した。

鎖骨付近にあったビショップの唇が急に下のほうへ下腹部に熱い感覚が広がった。

ローラが優しく体を押しつけると、ビショップの下腹部に熱い感覚が広がった。

ビショップは歯をくい縛った。だが、何をすべきかわかっているのに、ローラを突き放しはしない。かえって彼女の胸とお尻に当てられた手に力が入った。彼の中では壮絶な闘いが続いている。〝イエス〟と〝ノー〟との激しい綱引きが行われ、身が引き裂かれそうだ。

ビショップはローラの目を見つめながら、彼女の求めに応えるよう自分をけしかけた。しかし、グリーンの目や顔に浮かんでいるのは純粋な愛情だけだ。今の彼女は本当に僕を愛し、信じている。また下手な言い訳をしたら、彼女を傷つけるだけだろう。だが、彼女の求めに応じたら……。

ビショップは苦しげな声をあげながらローラを引き寄せた。そして彼女を抱き上げて家の中に入った。寝室に着くと、ベッド脇に彼女を立たせた。大きなへ移動し、濡(ぬ)れた舌が胸のふくらみの先端に絡みついた。

ローラはめまいを覚えながら薄暗がりの中でつぶやいた。「こういうことはいくらしてもしすぎることはないのね。結婚したての頃、週末ずっとベッドで過ごしたこともあったわ」

「そうだったね」

ビショップはすでに靴を脱いでいるが、今度はズボンを脱いだ。ローラを抱いてベッドに横たわらせたあと、彼女の上に体を重ね、ローラの口、額、耳たぶにキスの雨を降らせる。

少しざらざらする大きな手がローラの腰の下に入り込んだ。たくましい体が彼女の体をかすめるようにして動きだすと、ローラの口から切羽詰まった声がもれた。ビショップは膝で彼女の脚を押し開く。張りつめた情欲が十分に潤った場所を見つけたとき、彼は唇を重ねたままほほ笑んだ。

ローラが腰を浮かせたのと同時に、ビショップは熱く燃えた体の中に入った。その瞬間、敏感な部分に甘美な衝撃が突き抜けたので、ローラはあえいだ。波打つ筋肉に爪を立てながら彼の口からもれる愛の言葉をのみ込んだ。ビショップと愛し合うのはいつもすばらしいけれど、今回は……。

今回は〝すばらしい〟をはるかに超えている。ローラはとてつもなく熱いものに包み込まれたような気がした。そしてどんな女性も行ったことのない高みに舞い上がった。彼女の上に重なっている体の感触は心地よく……驚くほど男性的だ。

暗がりの中でほほ笑みながら、ローラはその感触をしっかりと受け止めた。

やがて体の奥から湧き起こる熱い感覚が増大し、脈打ってきたので、ローラはビショップの腕にしがみついた。甘美な情欲はとどまらず、全身が震え、すぐ先に待っている歓喜の瞬間に焦点を合わせている。

　汗でビショップの肌が滑る。彼は胸の奥から絞り出すような声をあげたかと思うと、とつぜんベッドの上を転がって彼女から離れた。

　ローラは体を起こした。「どうしたの？」

　ビショップは息を切らしながら仰向けになって体を伸ばした。「避妊しなくては」

　ローラはベッドに倒れ込んだ。今度ばかりはこう言いたかった。そんなこと、忘れるわけにはいかないの？　けれど、ビショップは耳を貸してくれないだろう。避妊せずにセックスしたら、望まない妊娠をするかもしれない。いずれにしても、彼にとっては望まない妊娠なのだ。

　ローラはビショップが横にある引き出しを開けるのを待った。その引き出しにはいつも避妊具が入っているから、彼は一つ取り出すだろう。ところが、ビショップはまったく動かない。静寂が続くうち、部屋の冷気が彼女を包み込んだ。

　ローラは我慢できずに口を開いた。「ビショップ、どうしたの？　あなたの横の引き出しに入っているわよ」

　ビショップは寝返りを打ってローラに背を向けた。暗がりの中でたくましい影が動き、引き出しが開く音とうなり声が聞こえた。

　ローラはベッドの上で起き上がった。「どうしたの？」

「避妊具だ。ここにあるじゃないか。まるまる一箱」

　ローラはビショップに近づいて肩に唇を押し当てる。「一晩でぜんぶ使う必要はないのよ」

「僕はただ……」そう言いかけてビショップは肩をすくめ、息を吐き出した。「いや、いいんだ」一つ取り出してからローラのほうに向き直った。ふたたび二人の唇が重なると、たちまち冷気は消え去り、彼女の体は炎に包まれた。抱擁は激しく、キスは濃密になり、もっとも根源的な形で一つに結ばれたいという欲求が大きくなった。ローラがビショップの太腿を撫でると、彼の手も彼女の背骨を滑り下りて脚の間に入り込んだ。ビショップは秘めやかな場所を愛撫しながら貪るように唇を奪う。

ローラは唇を重ねたままささやいた。「あなたにキスされるのが好きよ。どこにキスされるのも」

ビショップの唇はローラの口から離れて下のほうに動きはじめ、胸や腹部の上を這い回って絶妙な愛撫を繰り返す。彼女は歓喜の階段を駆け上がり、どんどん頂点に近づいていく。そしてさらに彼を好きになっていく。

心の奥でビショップは自分の負けだと気づいていた。引き出しの中に封を切っていない避妊具の箱を見つけたときは、感謝の祈りを捧げてから意を決して突き進んだ。ローラはとっくに避妊具を捨てたと思っていたが、結婚記念の写真や指輪と同様、そのままにしておいたのだ。それに触れるのは耐えられなかったからなのか？　夫が戻ってくることをひそかに願っていたからか？

ああ、今はあまりにも欲望が高まっているから、考えている余裕はない。

ローラがゆっくりと腰を回転させたのを見て、ビショップは彼女の下腹部に顔を近づけた。太腿の内側に軽く唇を押し当てると、今までよりも気持ちが落ち着いたので、指と舌を使って彼女の欲望の源を探索した。ローラの口からもれる歓びの吐息を聞き、彼自身の欲望も高まった。

ビショップはまだ始まったばかりだと思ったが、ローラの中では徐々に緊張感が高まっているようだ。ビショップはローラの腰に手を添えながら口での愛撫を続け、彼女がいちばん好きなことをした。ふいに彼女の体が沈んだかと思うと、最初はほとんど気づかないくらいに小刻みに震えた。だが、押し寄せる歓喜のうねりにのみ込まれ、大きく体を震わせてローラは声にならない声をあげた。

しばらくの間、ビショップはローラが悦楽の余韻に浸る様子を見守った。そして、彼女が恍惚の海を漂っている間にすばやく避妊具を装着した。ローラは目を閉じて顔を横に向けている。ビショップがふたたび体を重ねると、彼女は吐息をもらしながら彼にしがみついた。

ローラの上で動きながら正しいリズムを見つけたとき、ビショップは慌てずにゆっくりと進めるよう自分に言い聞かせた。これが最後だ。明日になったら、ベッドはもちろん、ローラの人生に迎えられることもないかもしれないのだから。

翌日の早朝、ビショップは東側のベランダの椅子に座り、ぼんやりと山々を見ながら考えていた。昨夜はどうしてあんな愚かな真似をしたのだろう？

一度ローラとベッドをともにするだけでも十分に悪い。何度もともにするなんて正気の沙汰ではない。もちろん昨夜はすばらしかった！　だからといって彼女の記憶が戻ったときに救われるわけではない。彼女はどうしてこの状況につけ込んで誘惑したのかと問いつめるだろう。彼女の言葉と接触とほほ笑みでわれを忘れたのだが、そんなことはどうでもいい。本当のローラが戻ってきたら、そんなことには耳を貸さないだろう。そのローラに愛はないのだから。

それは僕も同じだ。

二人の関係が最悪だった時期に交わした言葉は、絶対に消し去ることができない。二人がぶつけ合った激しい言葉はかけがえのない愛を押しつぶした。もちろん僕の愛も。

しかし、愛は別として、今でもローラになんらかの感情を持っているのはたしかだ。今でも彼女の香り、声、歩くときの腰の揺れ方にうっとりとなる。ローラは僕のもっとも根源的で本能的な部分に影響をおよぼすのだ。かつてもう顔も見たくないと言いながら、今にもキスで彼女を黙らせそうになったこともあった。別居後、二度と女性とベッドをともにしないと思った時期がある。つらい時期を過ごしたせいでそこまで考えるようになったのだ。実際、昨夜まで禁欲の誓いは守られていた。もっともアナベルとの付き合いはいい方向に進んでいたのだが……。

ビショップは額に手を当ててこめかみをこすった。アナベルのほうはどうしよう？　正確に言うと、彼女とは恋愛関係にあるわけではない。二、三回デートしただけだ。僕と彼女は好みが似ているし、相手のユーモアのセンスが理解できるし、たがいの自由を尊重し合えるような気がする。だが、昨夜、僕とローラの間に起こったことを考えると……。

ビショップは額から手を下ろして大きく息を吐き出した。どう見ても、アナベルやほかの女性と深い関係になることを考える状況ではない。

ビショップはズボンのポケットから携帯電話を取り出した。少しして電話の向こうから優しい声が聞こえてきた。

ビショップは椅子に座ったまま背筋を伸ばした。

「アナベル、サミュエルだよ」

「サムなの？　週末に電話がかかってくるんじゃないかと期待していたのよ。忙しかったの？」

「まあ、そうだね」

「これからも日曜日はたくさんあるけれど」

「これは電話で話すことじゃないかもしれない。だが……先延ばしにはできないんだ」

「何かあったの？」

「僕が結婚していたことは話しただろう？」

「ええ……ひどい終わり方をしたんでしょう」

「実は、金曜日にローラが――元妻が――けがをしたんだ」

「今、一緒にいるの？」

「病院から家に連れてきた」

「あなたたち……元の鞘に収まるの？」

「ちょっと込み入った話なんだ」

「でも、一緒にいるんでしょう？」

「ああ」

ビショップはアナベルが気持ちを落ち着かせるのを待った。だが、口を開いたとき、意外にも彼女の口調は冷静だった。

「それなら、もう何も言うことはないわね」

「これだけは言わせてくれ。本当にすまない」

「万が一うまくいかなかった場合に備えて、私の電話番号を消さないでおいてくれるかしら？」

「いいとも」

だが、電話を切りながら、ビショップはもうアナベルに連絡することはないだろうと思った。ローラとの関係がうまくいきそうだからではない。うまくいかないことはほぼ確実なのだ。事実を知った以上、アナベルはいつも僕が元妻のことを考えているのではないかと思うだろう。僕が彼女の立場だったら、そうなってしまう。

アナベルにはたしかな未来を提供できる男性がふさわしい。だが、金曜日の出来事の前でも、僕は彼女に深い関わり合いを求めていなかった。

携帯電話をしまったとき、ビショップはキッチンから漂ってくるいい匂いに気づいた。

今日は日曜日。日曜日にはこのベランダでブランチをとるのが決まりだった。ハッシュド・ポテトとベーコン、メープルシロップをかけたパンケーキ、それとも、二人のお気に入りだったエッグ・ベネディクトか？

ビショップは家の中に入りながら考えた。以前の生活に戻るのは簡単なことだろう……ローラが今のままでいてくれて、二人で問題を解決することができたら。しかし、そんなふうに考えるのは危険だ。たしかに昨夜は元妻と最高のセックスをした。彼女からも不満は出ないはずだ。しかし、男女の結びつきというのは、肉体的に惹(ひ)かれ合ったり、性的満足を得たりするだけでは十分ではない。二年前にそのことを理解していたら、ローラに求婚するのは先に延ばしていただろう。

ビショップは廊下を進んでいったが、おいしそうな匂いが強くなるにつれ、不安もふくらんだ。

昨夜、ローラとベッドをともにして前例を作ってしまった。今日、二人はシドニーに行く。彼女は今夜も愛し合うと期待しているだろう。僕もそうしたいと思っていることは否定できない。もっとはっきり言うと、そのときまでに彼女の記憶が戻らなかったら、そうするつもりだ。

7

「サム・ビショップ？　きみなのか？」

背後から聞こえてくる声にローラが足を止めたのと同時に、ビショップは振り返った。そのとたん顔をほころばせ、近づいてくる快活そうな男性に片手を差し出す。

「ロバート・ハリントン」ビショップは男性と握手をした。

特大のディナー・スーツに身を包んだミスター・ハリントンは片方の眉を吊(つ)り上げる。「バレエは楽しんでいるかね？」

ビショップは耳を引っ張った。「ずいぶん……にぎやかでしたね」

きみの気持ちはわかると言わんばかりに男性は笑った。ロバート・ハリントンも《白鳥の湖》のファンではないらしい。

今日の午前中、ローラとビショップはシドニーに来て市内を散策したあと、ダーリン・ハーバーにある五つ星ホテルの最上階にあるスイートルームに入った。そこは平日、仕事が忙しくて街にいなければならないときにビショップが使用している部屋だ。春の日のけだるい午後、ローラとビショップはバルコニーで陽光を浴びながら、眼下の輝く青海原を走る船を見ていた。オペラ・ハウスに着いたのは開演時間ぎりぎりだった。そこで休憩時間に入ると、大勢の着飾った人びとともに飲み物を飲んだ。

今、ローラは目の前にいる中年の男女にほほ笑みかけた。どこへ行っても、ビショップは知り合いに出会うようだ。オペラ・ハウスも例外ではない。

「家内に会うのは初めてだね」ロバート・ハリントンは上品な雰囲気の女性のほうを向いた。「ションテル、こちらはサミュエル・ビショップ。一年前に彼の会社と取引したんだよ」

「お目にかかれてうれしいわ、サミュエル」照明の下でションテルが着けている真珠とダイヤのネックレスが輝いた。

ローラは挨拶する機会を待った。いつもビショップはすぐに出会った人を紹介するのに、今回はためらっている。

ローラは気をきかして自己紹介した。「はじめまして、ロバート、ションテル。私はローラです」

それに応えてションテルが挨拶したが、ロバートはだいぶ後退した髪の生え際をかいた。「ローラというのは……きみの奥さんの名前だったのではないかな、サム？」

ションテルは頬を赤く染めながら夫の脇腹を肘で突いた。

けれど、ローラは笑っただけだ。「〝だった〟ではありません。今もそうですよ」

ロバートの眉が吊り上がったが、顔には笑みが戻った。「それはよかった」ビショップの肩を盛んにたたく。「二人一緒のときに会えてよかったよ」

しばらく世間話をしたあと、二組の男女は別れた。ローラとビショップは大勢の人でごった返す部屋の中で比較的静かな場所を見つけた。

ローラはシャンパン・グラスの縁越しにビショップを見つめる。「何か変だったわね」

「変？」

「〝きみの奥さんの名前だったのではないかな？〟ですって。変だと思わなかった？」

ビショップはグラスを挙げる。「僕たちはもっとしょっちゅう外出したほうがよさそうだね」

「ほかにも変なことがあるのよ。わかる？　私、痩せたみたいなの。何年もずっと同じ体重だったのに、このドレス、大きいのよ」

「よく似合っているよ。たぶんしばらく着ていなかったからだろう」

ローラは赤いイブニングドレスを見下ろした。前身ごろには黒いレースの装飾が施され、背中の部分には何本ものリボンが交差した形で結ばれている。ドレスが痩せた体に合うよう、彼女はリボンをきつく締めていた。

「一カ月前、メルボルンで取引先との食事会があったときに着ていったのよ。覚えているでしょう？」

ビショップは訝しげな表情でローラの顔を見つめる。「ほかにはどんなことを覚えているんだ？」

ローラの脳裏に家の北側にある橋が浮かんだ。さらに、病院の様子や妊娠したと思っていたことが思い出された。医師や検査、涙……。

ローラはすばやく息を吸い込むと、グラスをのぞき込んで顔をしかめた。

涙はなかった。妊娠検査が陰性だったのでがっかりしたけれど、橋から落ちたときに赤ん坊の命が危険にさらされなくてよかったとも思った。夫に会えてうれしかったことも覚えている。ビショップの妙な態度に驚いたこと……彼がすぐに飛んできて抱き締めてくれなかったことも。家に戻っても、彼が打ち解けるまでに少し時間がかかった。けれど、昨夜は今までどおり優しかった。

それなのに、どうして急に心の片隅に何かが引っかかっているような感覚を覚えたのだろう？　まるで二人の間には何かが欠けているような居心地の悪さを感じる。

「ローラ、だいじょうぶか？」

その声にローラは現実の世界に引き戻された。ビショップは眉をひそめて一心に見つめている。急に体がふらついたので、彼女は近くにある棚にグラスを置いた。

ローラは笑顔をつくった。「だいじょうぶよ。公演の続きを観るのが楽しみだわ」

二人が人混みを縫うようにして歩きだしたのと同時に、劇場のベルが鳴った。ビショップはローラの腕に腕を絡ませる。

「夕食のとき、あまり食べなかったね」階段を上りながらビショップが言った。「帰ったら、部屋に夜食を持ってきてもらおう」

「ホテルまで歩いて帰りましょうよ。途中で一休みして、軽く何か食べましょう」

ビショップは疑わしげな目つきで彼女の真っ赤なハイヒールを見た。「その靴でだいじょうぶか？」

ローラはふざけて彼の腰に自分の腰をぶつけた。「この靴は見せびらかす価値があるのよ」

ビショップがほほ笑むと、目尻にしわが寄った。ベルが鳴りやみ、劇場の照明が薄暗くなった。

ローラはこの靴を買ったことを覚えていないと言

いたくなかった。このハンドバッグを買ったことも。グレースに病院に連れていってもらう前、指輪をはずしたことも覚えていない。今にして思うと、体重が減ったことも言わないほうがよかったのかもしれない。けれど、そんなことは些細な問題だから、徐々に思い出すだろう。そのときには、この何かが引っかかっているような感覚も消え去るだろう。

公演終了後、ビショップとローラは劇場を出て遊歩道を歩きはじめた。今夜は気温もちょうどよく、あたりはまだ活気づいている。大道芸人が楽器をかき鳴らし、観光客が当てもなく動き回り、夜更かしをする人びとが二十四時間営業のレストランを利用している。ローラがプリマ・バレリーナの演技を褒めちぎっていると、屋外にあるカフェの前でビショップの歩みが遅くなった。月明かりを浴びた港の黒い水面を見渡すウッドデッキにはこぢんまりとしたテーブルが置かれている。そこから漂ってくるコーヒーの香りはとびきりすばらしい。

「ハイヒールの具合はどう？」ビショップがきいた。「そろそろ足を休ませたほうがいいんじゃないのかい？」

「チョコレート・チーズケーキにしましょう」

ビショップはデザートが並んでいるショーウインドーからローラに視線を移し、小さく笑った。二人とも大の甘党なのだ。「アイスクリームをたっぷり添えて？」

ローラは手をつないだまま、ビショップをテーブルのほうへ引っ張っていく。「決まりよ」

ビショップがローラのために椅子を引いたとき、ウエートレスが注文を取りに来た。

「明日は何時に仕事に行くの？」ローラはバレエのプログラムを見ながらさりげなくきいた。無関心を装っているが、朝が来なければいいと思っているようだ。二人が結婚していたとき、ビショップは長時間仕事をしていた。ローラはいつも月曜日の朝を恐れていた。夫が彼女を残してシドニーにある会社に行ってしまうから。

「実は、二、三日休みを取るつもりなんだ」

「休みなんて取ったことないじゃないの」

「ハネムーンのときは休んだはずだよ」一週間かけて船でギリシャの島々を巡った。サントリーニ島、ミコノス島。あの日々はすばらしかった。夜はもっとすばらしかった。

「ハネムーン休暇を取るのは義務のようなものですものね」ローラの指はビショップのジャケットの袖を滑り下り、指輪のまわりを回った。「本当に、会社が困った状況にあるわけじゃないのね?」

「そうだとしたら、僕はデスクに縛りつけられているよ」ビショップはガラス製のポットを取り、二つのグラスに水を注いだ。「信じてくれ。〈ビショップ建築設備〉は前よりずっと好調なんだ」

ローラは水の入ったグラスを持ち上げた。「それなら、朝寝坊に乾杯」

ローラとビショップがしっとりとしたチーズケーキを食べはじめたとき、グリーンのベレー帽をかぶった年配の男性が現れて仰々しいお辞儀をした。手には使い古されたイーゼルを持ち、耳の後ろに二本、鉛筆をはさんでいる。

「奥さまのポートレートはいかがですか?」男性の言葉には強いフランス語訛(なまり)がある。どうやら彼は絵描きらしい。

ビショップはそっけない笑顔を見せた。「せっかくだが――」

「お願いするわ」ローラは甲高い声で言ったあと、親指についたチョコレートソースをなめ、きちんと座り直した。「二人一緒に描いてくださる?」

ビショップが横合いから口を出した。「本当に三十分間もポーズを取りたいのか？」

「ポーズを取る必要はありませんよ」フランス人の画家はさっとイーゼルを広げ、床板の隙間に脚の先端を入れて固定させた。「食べて、話して、思い出にふけってください。私は創作に励みますから」

「どんな思い出にふけったらいいのかわかっているわ。一緒にエーゲ海を旅したときのすてきな日々の思い出よ」

「ナクソス島で過ごした信じられないほどすばらしい夜の思い出は？」

「さあ、さあ、もっと近寄って」画家は画用紙の上で鉛筆を動かしてから、少し引き下がって今まで描いたところを念入りに調べた。

ビショップはチョコレートとバニラの甘さを堪能しながら、ローラの思い出話に耳を傾けた。不思議だが、彼女は離婚したことは忘れているのに、結婚直後の甘く熱い日々のことは細部にいたるまではっきりと覚えている。

ローラとビショップは話しつづけ、声をたてて笑った。彼はギリシャの思い出に夢中になっていたので、ポートレートのことは忘れていたが、やがて画家が鉛筆を置いてこう言った。「できました！」

ビショップはジャケットの内ポケットに手を入れた。「いくらだね？」

フランス人の画家はそっけなく手を振った。「お任せします」そう言いながら得意げにイーゼルの向きを変えた。

その瞬間、ローラは息をのみ、口に手を当てた。

「ああ、ビショップ、すばらしいわ」

ビショップもうなずかざるをえなかった。この絵は二人の姿形をきちんととらえているだけでなく、今宵(こよい)の華やかな雰囲気、二人の想(おも)いまでも表している。まるで二年前の二人を見ているようだ。

「こんなに愛し合っているお二人の絵を描くことが

できてうれしかったですよ」絵描きはほほ笑んだ。

揺らめくろうそくの明かりを受けてローラの目が輝いた。「そんなにはっきりわかるの？」

「彗星のごとく、夜空を明るく照らしています」

ビショップは高額の紙幣を取り出した。絵描きの表現はそれほど大げさではない。ほかの人たちには、今夜の二人はそう見えるはずだ。たがいに首ったけの新婚夫婦に。話をしながらデザートを分け合っている間、ずっとそんな気分だった。一晩中、こんなふうにここに座っていたいくらいだ。

ローラとビショップがホテルに戻って大理石造りのロビーを歩いていると、昼間会ったのとは別のコンシェルジュがデスクの向こうで顔を上げた。そのとたん満面に笑みを浮かべ、靴のかかとをかちっと合わせる。

エレベーターに向かう途中、ローラは口を開いた。

「ずいぶん愛想がいい人ね。あんなふうに特別な迎え方をしてくれたのだから、チップをあげたほうがいいんじゃないかしら」

ちょっと足元がふらついたが、ビショップは笑ってごまかした。「今夜のきみがどきっとするほどきれいだからさ」ボール紙のカバーに入ったポートレートを小脇に抱え、エレベーターの前で立ち止まり、親指でボタンを押した。

エレベーターが到着すると、ローラはビショップの褒め言葉にほほ笑みながら乗り込んだ。エレベーターは最上階に向かって上がっていく。ローラはビショップにもたれかかり、十二センチのハイヒールを片方ずつ脱いだ。

「今夜は十分に見せびらかすことができたかな？」

ローラは片方の靴を指に引っかけて回した。「あら、これは始まりにすぎないのよ」

金属製のドアが開いた。ローラは片方の肩からサンダルをぶら下げ、さっそうとした足どりでエレベーターから先に降りた。後ろから大理石のタイルに当たる足音が聞こえてくる。

「疲れていないようだね」

「当たりよ」

二人が入った部屋はクリーム色と黒と濃い赤を基調とした広々とした空間で、最小限の装飾が施され、すっきりした家具調度が設えられている。ローラは靴を投げ捨てた。これ以上自分を抑えることができず、ビショップの首に腕を巻きつけ、顔を上に向けて唇を重ねた。

カフェにいたときも、ホテルに向かうタクシーの中でも、ロビーを歩いているときも、エレベーターの中でもこうしたいと思っていた。手で触れて、舌で触れて、ビショップなしに生きていけないことを知らせたい、と。彼の呼吸が深くなり、かすかにひげの生えた顎がローラの頬をこすり、たくましい腕が彼女の体に絡みつくと、ローラの中で熱い欲望がふくれ上がった。

ビショップがローラを放したとき、彼女の心臓は早鐘を打っていた。

「私が何をしたいと思っているかわかる？」

「いくつ答えを言っていいのかな？」

「いくつ言いたいの？」

「一つでいいよ」

ローラは彼の肩に手を這わせた。「それが間違っていたら？」

彼は物憂げに笑った。「僕は間違ったりしない」

「じゃあ、ヒントをあげなくてもいいのね？」

「ヒントはいつだって大歓迎だ」

「それなら、まずこれを脱がなくては」

ローラは襟の下に両手を滑り込ませ、ビショップの肩からジャケットを脱がした。彼は伏し目がちに相手の目を見つめながらジャケットを脇へ放った。

ローラは思わせぶりな表情を浮かべ、シャツの胸元にてのひらを当てる。「ネクタイもいらないわね」黒いネクタイを引き抜いた。

「カフスボタンは？」

「カフスボタンなんて問題外よ」

ビショップがカフスボタンをはずしはじめると、ローラはドレスシャツについている飾りボタンに手を伸ばした。最後のボタンをはずしたあと、引き締まった腹部に触れ、黒い毛に覆われた胸のほうへ手を動かした。熱い吐息をもらしながらシャツをつかみ、ゆっくりと体から引き剥がしていく。

めくるめくひとときを予想し、ローラの体はかすかに震えている。彼女はビショップの首の付け根に軽くキスした。唇に伝わってくる脈動は、彼女の中核で甘美なリズムを刻むうずきと調和している。ローラの舌先が徐々に上がっていくと、彼も欲望に張りつめているのがわかって、彼女はうっとりした。

「あの夜、船のバルコニーで私たちが何を着ていたか覚えてる？」

「たしか着ていなかったはずだ」ビショップが蝶(ちょう)結びになったリボンを引っ張ると、ドレスが緩んで、ひんやりとした空気がローラの背中を撫(な)でた。「今夜もここのバルコニーでスローダンスを踊るか？」

ローラはビショップに体を押しつけた。「そう言ってくれないんじゃないかと思ったわ」

そのとき、部屋のドアをたたく音が響いた。「ルームサービスです」

ローラはどきっとし、ビショップはがっくりと肩を落として彼女の目をのぞき込む。

「何も注文していないだろう？」

「きっと間違いよ。ほうっておきましょう」

「大事な用かもしれないよ」

「これほど大事なことなんてないわ」ローラはビショップの顔を引き寄せてさらに大胆にキスした。

ところが、またしても声がした。「ミスター・ビショップ、ルームサービスです」

ビショップはローラの腕をほどいて戸口に向かった。「あとであの札をかけるよう忘れずに注意してくれ。〝起こさないでください〟の札を」

ドアの向こうにはベルボーイが立っている。ビショップの乱れた服装を見ても驚いた様子はない。輝く銀製のバケツを渡しただけだ。バケツの表面は霜で覆われたように白くなり、中には大きな瓶とグラスが二つ入っている。

「当ホテルからの贈り物でございます」若いベルボーイは言ったあと、すばやく踵を返した。「おやすみなさいませ」

ビショップは取っ手に札をかけてドアを閉めた。ローラは彼に近づき、ホテルの便箋に書かれたメモを読んだ。

「〝おかえりなさいませ、ミセス・ビショップ〟ですって」ローラは吹き出した。「私は二週間前にもここにいたし、その一週間前にもいたのに。それは返したほうがいいわ。何かの間違いよ」

「そうかな？」

「ほかに理由はないでしょう」

「あるかもしれないよ」

「それなら聞かせて」

「聞きたいのか？」

ローラは顎を引いて腕を組んだ。「やめて」

「何を？」

「それよ。何を言われても質問で答えること」

ビショップの目つきが険しくなったのを見て、ローラは背筋がぞくぞくした。愚かなことをしたと後悔しながら口を固く結んだ。私の言い方は冷淡すぎた。本気で言ったわけではない。ただ……。

そう、最初はロバート・ハリントンに変なことを言われ、そのつぎは私がビショップと一緒にいるのを見て、コンシェルジュが驚いたような顔をした。そして今度は、私が久しぶりにやってきたかのように、ホテル側から贈り物が届いた。

これは理解できない。

それでも、ローラはビショップの顔に浮かぶ表情に気づいた。無関心なのだろうか？　気遣ってくれているのかしら？　彼は私の過剰反応だと思っているようだけれど、たしかにそのとおりだ。ホテル側からシャンパンが届いた。ビショップは何か理由があるからだろうと言っている。それももっともだ。それにたいした問題ではない。私は必要以上にこのことを大げさに考えている。

ローラは笑顔をつくってシャンパンの瓶のほうを顎の先で指した。「どんな理由にしろ、すばらしいサービスね。明日の朝、お礼を言いましょう」

ビショップはローラの横を通り過ぎ、コーヒーテーブルにバケツを置いた。ローラがこれを訳のわからない状態だと思っているとしたら、ビショップのほうは自分が何をしているのか、つぎに何をするつもりなのかさっぱりわからなかった。

金曜の午後から彼が取った行動はすべてこの瞬間に通じていた。どれも必然的な行動で、そのときは理にかなっていた。昨夜、ローラとベッドをともにしたこともそうだ。それを正当化するためにもっともな論拠を示すこともできる。正気の男なら拒めるはずがないだろう？　とくに自分が相手にしているのはあの女性なのだから。

今夜、ローラはハネムーンの思い出を語るうちに、想像もできないことを成し遂げた。僕を過去へ引き戻したのだ。あんなにも生気に満ちあふれ、愛する人を——僕を——求めている目をのぞき込んだら、ひたすら彼女と一緒にいたいと思ってしまう。

そのことに気づくと、今の状況が昨夜や今朝とはまったく違うものになる。

僕は性急に彼女の記憶を回復させようとは思っていなかった。慎重にことを進めた。最初は、どのようにこの問題に取り組めばいいのかわからなかったから。そのあとは、幸せそうなローラを見たかったからだ。そして自分も幸せな気持ちになりたかった。

今夜はとても幸せだった。

シャンパンが届く前、二人は今にも愛し合うところだった。だが、今のローラがこんなにも不満げで困惑しているように見えるので、ビショップはもう一度彼女の記憶の扉をこじ開けようとした。ローラに思い出させようとしたのだ。それには理由がある。自分勝手な理由が。

実際にベッドをともにし、愛し合い、たがいの腕の中で歓喜の頂点に上りつめるようなことが起こったら、この関係を現実のものにしたいと思うだろう。ローラが過去や見苦しい別れを思い出しても、今は僕に優しい感情を抱いているのだから、怒りや苦しみは色あせて、二人で何かを解決できるかもしれない。僕が望んでいたのはそれだけだ。

ビショップは革製の安楽椅子に腰を下ろし、両手で髪を撫でつけてからふたたびローラと目を合わせた。「ローラ、こっちにおいで。話があるんだ」

「どんな話？」ローラは近づいてくると、ビショップの横に座った。

「近いうちに予約を入れたほうがいいね」

「なんの予約？」

「経過観察検査の予約だよ」

ローラは何度か目を瞬いたあと、ちょっと顔をそむけた。「私はだいじょうぶよ」

「そうかな？」ローラが反論しそうになったので、ビショップは両手を上げた。「わかった。もう質問はしない。ただ、一つだけきかせてくれないか。返事をする前によく考えてほしい」

「いいわ」

「病院にいたとき、きみは妊娠していると思っていたと言ったね。それは頭が混乱していたからじゃないのか？　もしかして……」ビショップは息を吐き出し、ローラの手を取って強く握り締めた。「前に妊娠したことがあるのか？」

ローラの表情が変わった。なかばおもしろがっているような、なかば憤慨しているような表情に。彼女は手を引っ込めた。「ばかなことを言わないで。妊娠したことがあるなら、自分でわかるわ」

ビショップは胸に込み上げてくるものを抑え込もうとした。こんな質問をされたら、ローラは何かおかしいと思うはずだ。ところが、うんざりした表情を見せただけだ。それでもひるまずに突き進んで、二年前に二人がどんな話し合いをしたか説明したら、僕が子供を作る決断をしたときに彼女がとても喜び、最終的には打ちひしがれたことを話したら……。

ローラの目がさらに輝いた。輝きの下にかすかな動揺の色が見える。けれど、口を開いたとき、出てきたのは驚くほど落ち着いた声だ。「どうしてそんな目で見ているの？」

ビショップは視線をそらした。僕は幻想を抱いていたわけではないが、これは想像以上にむずかしい。

ふたたびローラと目を合わせると、ビショップは低い声で切り出した。「ローラ、もし子供を亡くしたら、どうするつもりなんだ？」

ローラは息を吐き出してからにっこりし、ほっとしたような表情を見せた。「あら、そういうことだったの？」ビショップにもたれかかり、太腿に手を置いた。「悪いことなど起こらないわ。そう信じなくては。私にはわかるの。すべてうまくいくと。信じるの。自分たちを信じるのよ」彼の脚をぎゅっと握り締めた。「私は信じているわ」

ビショップの胸が熱くなり、鼻の奥がじーんと痛くなった。なんと答えたらいいのだろう？　わからない。そのとき、ばかげた考えが頭に浮かんだ。

ローラがまた妊娠して、今度はすべてうまくいったら、儲(もう)けものではないだろうか？　彼女の記憶が戻らなくても、僕は誰からも責められないだろう？　彼女は幸せになる。僕の魂は救われる。あるいは、記憶が戻る前に彼女が妊娠したら、二人は困難を乗り越えて、最初に手に入れるはずだったハッピーエンドを迎えることができるのではないか？　そんなことを望むのは愚かだろうか？

ローラの手がビショップの太腿から離れた。「バルコニーでスローダンスを踊るとかなんとか言っていなかったかしら？」

ビショップが返事をする前に、ローラは立ち上がって片手を差し出した。彼は長々と彼女の顔を見た。いいも悪いもない。勝ちも負けもない。これがどんな結末を迎えるのか予言することはできない。

ビショップはローラの指に指を絡ませて立ち上がると、彼女を連れてバルコニーに出ていった。

港の涼しい風が二人の髪を揺らす。ビショップがローラを抱き寄せると、彼女は厚い胸に頬を寄せた。遠くから聞こえてくる車の音を音楽代わりにして、ビショップはそっと彼女の体を揺らしはじめた。

ローラはかろうじて聞き取れるくらいの声でつぶやく。「愛しているわ、ビショップ」

ビショップは現在の自分を脇へ押しやった。胸が張り裂ける思いをして二度と結婚しないと誓った自分を。さらに、嘘(うそ)をついてはいけないという声を抑え込んだ。代わりに、数カ月前に結婚したばかりの男の仮面をかぶった。弟よりも長生きしていることに対する罪悪感を忘れ、将来起こりうる事態に対する不安を無視する男の仮面を。ローラ同様、何があっても自分の子供がほしいと願う男の仮面を。

ビショップはローラの頬にかかる髪を払いのけてささやいた。「僕も愛しているよ」

8

翌朝、ホテルの部屋でローラはなかなかベッドから出られなかった。別に具合が悪いわけではない。今までこれほど健康だと感じたことはない。これほど幸せだとも。何時間もビショップの腕の中にいたので、今、思うのはずっとこうしていたいということだけだ。すばらしい夫のそばにいて、惜しみない情熱を全身で受け止め、官能の世界を楽しみたい。

午前九時頃、ビショップが電話をかけている間にローラはシャワーを浴びた。シャンプーをしている最中、彼が昨夜、朝になったら驚かせることがあると言っていたのを思い出し、顔がほころんだ。

ビショップが何を計画しているにしろ、きっと気に入るはずだ。彼がベビー用品を見に行きたいと思っているのではないかと勝手な想像をするのはやめよう。私がほしいのはキリスト教の三大徳である信、望、愛をモチーフにした装身具。女の子が生まれたら、十字架と碇(いかり)とハートがついたブレスレットを用意しよう。男の子だったら、それをベビーベッドにつけよう。

薄い黄色のワンピースを着ながら、ローラは先走っている自分を叱った。子作りに関してまだ二人の意見はまとまっていない。これはとてもデリケートな問題で、二人ともはっきりした考えを持っている。それでも、今日中にまたその話を持ち出したほうがいいかもしれない。子供を作る時間はたっぷりある。私は若いし、現在三十歳のビショップも同じだ。だからといって、日々高まっていく子供がほしいという思いは収まらない。

マスカラとリップグロスをつけたあと、ローラはタオルで乾かした髪をとかしはじめた。すると、今まで考えもしなかったことが頭をよぎり、ブラシを持つ手が止まった。

鏡に映る自分の顔を見つめながらローラは首を左右に振った。いいえ、そんなことをするつもりはない。たとえ方法があるとしても。ビショップは避妊具を使っている。彼は慎重な質だ。飛び込む前に考える。それでも……。

私がたまたま妊娠したら、ビショップはどんな態度をとるだろう？　先週、私は本気で妊娠したと思い込んでいた。それは計画したことではない。子供を作ることに関しては、双方が合意の上で結論を出さなければならないのだ。

ローラが寝室から出ていくと、ビショップは港を見下ろす大きな窓のそばにたたずみ、相変わらず電話で話していた。

ローラに気づいて彼はにっこりしたが、話に集中しなければならないらしく、少し体の向きを変えた。昨夜のタキシードとは打って変わり、今朝はブルージーンズをはき、ジッパーを半分開けたままにしているけれど、それでもとびきりセクシーだ。

しばらくしてビショップは電話を切ると、ローラのもとに来て首筋にキスしながらぼそぼそと言う。

「おいしそうな匂いがするな」

ローラはほほ笑みながらビショップに体を押しつける。「おいしそうですって？」

ビショップは大きな手をローラのウエストに当て、上のほうへ動かしていった。骨張った長い指を広げ、乳房の下に親指を添える。そして、ふくらみの先端を愛撫しながら低い声でつぶやく。「聞こえただろう」

狂おしい感覚がローラの体の中を駆け巡った。膝から力が抜けそうになり、うまく息ができない。

「今日はずっと部屋にいようと言っているの？」

「きみのせいで僕は頭がおかしくなりそうだと言っているんだよ」

「それは悪いことじゃないでしょう」

「本当だな？」

ローラは笑った。彼女は軽い気持ちで言ったのだが、ビショップは大まじめできいている。彼女にはどう答えたらいいのかわからなかった。

ローラはビショップの頬にキスしたあと、彼の腕の中から抜け出してキッチンのほうへ行った。

「ブルーベリー・パンケーキを注文しておいたよ」

ビショップは安楽椅子の背にかけてあるカジュアルなシャツに手を伸ばした。

食事用のテーブルに目を移したとたん、ローラはその匂いに気づいた。昨夜、大きなチーズケーキを食べたばかりなので、少し罪悪感を覚えながら腹部を押さえる。「私を太らせようとしているのね」

「太っていようと、痩せていようと……」ビショップはテーブルに近づいて銀製の蓋を取った。「僕は迷わずにきみを味わうよ」

ローラはブルーベリーと粉砂糖がかけられたパンケーキを見て負けを認めた。最近は体重が減っているようだから、これくらいは食べてもだいじょうぶ。

ローラはビショップの横に行ってフォークを取ると、パンケーキを切って口に入れ、ゆっくりと噛みながらバターやフルーツの食感と香りを楽しんだ。

「私の作るパンケーキもこんなふうにおいしくできたらいいのだけれど……」

「今まできみの手料理に文句を言ったことがあるかい？」

ローラは恥ずかしそうにほほ笑んだ。「ないわ」

「ルームサービスの利点は……」ビショップは粉砂糖のついた彼女の唇にキスした。「二人きりで過ごす時間が増えることだな」

ローラはビショップが味わったばかりの唇に触れ

ながら、さらにパンケーキを切った。「本当はずっと部屋にいたいのではなくて？」

「当然だよ。だけど、きみを驚かせる計画もあるんでね」

「いったいなんなの？」

ビショップは笑いながら彼女のために椅子を引いた。「まずは朝食をすませよう」

それから十分後、ローラとともにホテルのロビーを歩いているとき、ビショップはガラス張りの大きな自動ドアの前にたたずんでいる人物に気づいた。

ビショップの歩みが遅くなった。どうしてウィリスがこんなところにいるのだ？

ウィリスもビショップに気づき、手を振りながら前に進み出た。ビショップは横目でローラを見た。

ウィリスは部下というだけでなく、友人でもある。僕が結婚していたことも、ひどい結末を迎えたことも知っている。だが、ここでウィリスに今の状況を説明したくない。

ウィリスが近づいてくると、ビショップは簡潔に紹介した。「ウィリス・マッキー、こちらはローラだ」

ウィリスはローラの手を握り締めた。「どうぞよろしく」

「ビショップから聞きましたけど、新しい補佐役だそうですね」

ウィリスは片方の眉を吊り上げた。「〝新しい〟とは言えないでしょうね」

「ウィリスとは長い付き合いなんだよ」ビショップが横から口をはさんだ。「ローラ、ちょっと失礼するよ」ウィリスの肘をつかんで人けのない隅のほうへ連れていった。

ウィリスと二人きりになるや、冷静を装っていたビショップの表情が一変した。「こんなところで何をしているんだ？」

「昨夜は電話にも出なかったし、メールの返信もくれなかったじゃないですか」ウィリスは答えた。

「買収希望者は乗り気なんですよ。ものすごく熱心なんです。昨日も電話をかけてきたし、今朝も連絡がありました。できるだけ早く帳簿を見たいそうです」不審そうな目つきで腕を組んだ。「まだその気があるんでしょうね？　しかし……」ちらりとローラのほうを見る。「どう見てもご多忙中のようですから。それにしても、ローラですか？　てっきりアナベルと会っているものと思っていましたよ」

「ローラは妻だ。正確に言うと、元妻だけどね」

「なんですって？　あなたの話を聞くかぎり、復縁する可能性はないと思いましたが」

「まあ、その、ちょっとややこしい話なんだ」

「こんなことを言ってはなんですが、僕が受けた印象はきわめて明快でしたよ」

「実は、金曜日にローラがけがをしたんだ」

「今は元気そうですけどね」

「元気だが……人生の二年間が消えてしまった」

「つまり、記憶喪失ですか？　そうなると、彼女はあなたと……」ウィリスはうなるような声をあげながら額に手を当てた。「ああ、なんてことだ」

「本当にややこしい話だろう」

「それで、どうするつもりですか？」

「そうするしかなかったから、最初はローラに調子を合わせた。彼女は今でも僕たちが結婚していると思っている。医者が言うには、僕が見守っているなら、彼女は家に帰ってもいいとのことだった。そこで、しばらく一緒にいたんだが、時間が経つにつれて……」ビショップは慎重に言葉を選んで言った。

「僕は今、かつて二人が分かち合っていたものを守ることができるのではないかと思っているんだ」

「結婚生活を守るということですか？」ウィリスはポケットに手を突っ込んだ。「彼女が覚えていればそうなるでしょうが、覚えていなかったら？」

「そのへんはまだよくわからない」

「僕が口出すことではないかもしれませんが、慎重に行動したほうがいいですよ」

「今週、ローラを神経科の専門医に診せるつもりなんだ。何ができるのか確かめる。その間――」

「美しい妻はうっとりとあなたを見つめるが、心の奥では憎んでいる。本当に困った状況ですね」

ビショップは顔が熱くなるのを感じながら目を伏せ、落ち着かなげに足を動かした。

ふいにウィリスはあることに気づいてはっとした。

「ああ、まさか……。一年前、彼女はあなたを締め出したんですよ。でも、今は最悪の時期を覚えていないから、あなたは彼女とベッドをともにしたというんですか？」

「そのことで僕の道義心を非難してもらう必要はない。さんざん自分でしているのだから」

「まあ、物事の明るい面を見ることにしましょう。二度目は一度目ほどひどくないかもしれませんよ」

「少なくとも何を期待したらいいのかはわかっている」

「女性にですか？　それは思い違いでしょう」ウィリスは背筋を伸ばして本題に戻った。「ところで、例の買収希望者はどうしたらいいですか？」

「僕は忙しくて会えないと伝えてくれ。今週の後半には連絡する、と」ビショップは会社を売却する覚悟はできていると思っていた。だが、今はよくわからない。破綻した結婚生活を思い出させるものは何もほしくないのはたしかだ。会社に足を踏み入れるたびに、あのつらい時期に仕事に没頭していたことを思い出すのだ。実のところ、仕事がマンネリ化してきたというよりも、あの記憶が会社を売却したい気持ちと結びついているのかもしれない。

いずれにせよ、すぐに結論を出す必要はない。一日、二日、あるいは一週間、いろいろなことに対する自分の気持ちを見きわめてから決断しよう。

ビショップとともにローラのもとに戻ると、ウィリスは彼女に挨拶した。「では、これで失礼します、ミセス・ビショップ」

「いつか自宅のほうにもいらしてくださいね。もちろん奥さまもご一緒に」ローラは言った。

「妻も喜ぶでしょう。山が好きですから」

「私もよ」ローラはビショップを見てからウィリスの顔に視線を戻す。「今度の週末はどうかしら?」

「今週末は僕の誕生パーティーがあるんです。ねえ、覚えている――」ウィリスは急に言葉を切った。

ビショップがウィリスをにらみつけている。

気まずい空気を察知したローラはすかさずその場を取り繕った。「あら、そちらでパーティーが開かれるなら、また別の機会にしましょう」

「僕たちも招待されているんだよ、ローラ」ビショップは肩をすくめた。「すっかり忘れていた」

ローラの目が輝いた。「まあ、すてき」そのあとウィリスに話しかける。「では、またそのときに」

「妻も喜びますよ」ウィリスはビショップに目くばせした。「では、あとでまた電話します」

その後、ビショップとローラはコンシェルジュのデスクに向かった。昨夜、そこにいたハーブがまだ勤務に就いている。儀礼的な言葉を交わしたあと、ハーブはたずねた。「シャンパンは受け取っていただけましたか?」

ローラが答えた。「本当にありがとう。あんなに気を遣ってくださらなくてもよかったのに」

「奥さまにはいつも優しくしていただきました」年配の男性は言った。「またお越しいただいてうれしゅうございます」

ローラは感動したのと同時に、少し戸惑った表情を浮かべながら髪を撫(な)でた。「私もうれしいわ」

ビショップとローラはドアを通り抜けて外に出ると、そびえ立つ円柱の間に立ち、彼の車が運ばれてくるのを待った。

しばらくして車が到着した。ビショップは助手席側のドアを開けてローラを乗せたあと、運転席に乗り込んだ。

三十分後、車が速度を落とすと、ローラは爪を噛むのをやめた。

「なんだか緊張するわ」

ビショップは道路の端に車を寄せる。「気に入らなかったら、無理に飼わなくてもいいんだよ」

「ぜんぶ気に入るんじゃないかと心配なのよ。ねえ、どう思う？　女の子がいいかしら？　それとも男の子のほうがいい？」

ビショップはエンジンを切った。「きみが決めなさい」

「やっぱり女の子がいいわね」

「四匹ぜんぶ家に連れて帰らないよう、見張っていたほうがよさそうだな」

ここまで来る途中、ビショップはうっかり秘密をもらしてしまった。実際に子犬を見るかと思うと、ローラは有頂天になった。郊外にある素朴な家のドアが開いて長身の痩せた女性が現れると、ローラはビショップの手を握り締めた。女性はサンドラ・ナイトリーだと自己紹介し、二人を家の裏手に案内した。囲いの中で艶やかな毛並みのレトリーバーが横たわり、四匹の子犬に乳を飲ませている。

「先ほど電話でお話ししたように、雄が三匹と雌が一匹おりますのよ」サンドラが言った。

はやくもうっとりとなり、ローラはその場にしゃがみ込んだ。「女の子は一匹だけですか？」

「その子です」サンドラはいちばん小さな子犬を指さした。「おとなしい子ですよ。この子たちは生後六週間です。あと二週間もしたら、いつでも新しい家に行くことができますわ」

「子供たちがいなくなったら、母犬は寂しくないのかしら？」ローラはきいた。

「自分の子供が大学に入るために家を出ていくことを考えてください」サンドラは答えた。

「私だったらうれしくないでしょうね」ローラは手を伸ばしかけたが、すぐに引っ込めた。

「抱いてみませんか？」サンドラが勧めた。

ローラは顔を輝かせた。「いいんですか？」

サンドラは雌の子犬をすくい上げてローラのてのひらにのせた。ローラは眠そうな子犬の柔毛に頬をすり寄せた。子犬は彼女の鼻に鼻を押しつける。

「まあ……」ローラはため息混じりに言った。「とっても……子犬らしい匂いがするわ」

サンドラは笑いながら立ち上がった。「その子をとっておきましょうか？」

「まだその必要はありません」ビショップが前に進み出た。

ローラはさっと顔を上げた。「どうして？」つい口調がきつくなったことに気づいて唇を噛んだ。

サンドラのほうを見ながらビショップは肩を回した。「ちょっと二人で話し合いたいのです」

「大事な問題ですものね」サンドラはうなずいた。

「関連情報はウェブサイトに載っています。でも、おききになりたいことがあれば、遠慮なく電話してください」

別れるのがいやで、ローラは垂れた子犬の耳の間にキスした。「どこにも行かないでね、おちびちゃん。あなたを失いたくないの」

ビショップとローラは車に戻ってシートベルトを締めた。不安と高揚感でローラは胸が張り裂けそうだった。「あの子なら申し分ないでしょう？」

「かわいい子犬だね」

「それなら、飼ってもいいでしょう?」

「即断はしたくない。きちんと調べたいんだ」

ローラは歯をくい縛り、不満の声をもらしそうになるのをこらえた。どうしてすべてビショップのお眼鏡にかなわないといけないのだろう? 一度くらい〝よし、やってみよう!〟と言うことができないのかしら?

「あの子がチャンピオン犬の血統を持っていなくても、十二歳になったときに股関節の手術が必要になっても、私はかまわないわ。あの子がほしいの」

「将来、あの犬に問題があることがわかったら……あの犬を失うことになったら、きみは悲しむんじゃないのか?」

「もちろん悲しむでしょう。だからといって、あの子を愛することに変わりはないし、誰も責めるつもりはないわ」

「そうかな?」

「あなたは私を守りたいと思ってくれているのでしょう。絶対に悪いことは起こってほしくないと。だからこそ私はあなたを愛しているのよ。私たちは二人の人生が安全確実なものになるよう、計画したり、期待したり、願ったりすることはできるわ。おたがいのことを気遣ったり、間違いが起きないよう祈ったりすることも。でも、なんの心配もない人間なんていないのよ。一歩外に出れば、けがをすることもあるわ。それがいやなら、家に隠れているしかないわね。私はあなたが夢を追いかけるのを止めるつもりはないわ。〈ビショップ建築設備〉を多国籍企業にしたいというなら、全面的に応援するわ。今の会社を売却して別の事業を始めたいというなら、それも支持する。あなたが私の夢も支持してくれるとわかっているから」

ビショップは長々とグリーンの目を見つめた。ローラは彼の中で闘いが続いていることに気づいた。

彼はとても几帳面な性格だ。行動を起こす際には先のことを考え、戦略を練り、前に進むための実現可能な最善の方法を見出す。妻の目から見れば、彼の手法は苛立たしいかもしれない。ビショップの辞書には“衝動的”という言葉はないのだから。とはいえ、彼は優柔不断ではない。まったくその逆だ。こうと決めたら、信念はまったく揺るがない。けれど、彼は自信を持つべきだ……私に人生のパートナーになってほしいと頼んだときのように。

ビショップはちらりとサンドラの家を見たあと、しばらくしてからうなずいた。

「二週間後にあの犬を迎えに来よう」

ローラは歓声をあげてビショップに飛びついた。彼はあの子犬を飼うことに同意してくれた。これで一つ壁を打ち破ったから、彼はほかのことにも同意してくれるといいのだけれど。

9

ビショップはサンドラに手付け金を払い、ローラはもう一度子犬を抱き締めて別れの挨拶をした。ダーリン・ハーバーのホテルへ向かう間も、ブルー・マウンテンズの自宅に戻る途中も、二人はほかの話はほとんどしなかった。ビショップは犬を飼うことに同意してほっとしているのかうしろめたさを感じているのか、自分でもよくわからなかった。

二年前の今頃、二人は同じような話をした。ビショップはローラの妊娠については少しして同意したが、ペットの動物に問題がないかきちんと調べるという自説を曲げなかった。どうしてそんな決断を下したのか、理由はわかっている。犬の血統を調べることの裏にある考え方はローラにも受け入れられるだろう。だが、自分の子供を産むことは絶対に忘れないはずだ。二人はいろいろな経験をしたが、ローラはその根深い感情を諦めていなかったのだ。

そもそも、ローラにそんな犠牲を期待するのは間違いだったのだろうか？　彼女が本当の意味で母親になりたいという気持ちよりも、僕の不安のほうが大事だったのか？　僕は親になる人間として、慎重に行動し、きちんと責任を果たしているだけだと思っていたが、単に身勝手なだけで彼女の希望よりも自分の希望を優先していたのかもしれない。

車をガレージに入れたあと、トランクから荷物を出しているとき、ビショップは思い出した。結婚して三カ月が過ぎた頃は自分の考えを正当化していた。ローラが危険を冒してもかまわないというなら、彼女の選択を支持するしかないという結論に達しただろう。僕にとってこれは勇気とか無謀とか敗北とかいう問題ではない。あの頃は愛の問題だったのだ。最初は彼女もそのことがわかっていた。今、大事なのは、その愛を取り戻す可能性があるかどうか見きわめることなのだ。

結婚したとき、ローラは生涯自分の妻だと心から信じていた。離婚届が送られてきたり、別居したりしても、その認識は変わらなかった。だからこそ、再婚する気がなかったのだ。結婚生活が破綻し、記憶が欠落しても、ローラは同じ気持ちなのか？　過去の不幸な出来事を変えたいという願望を抱きつづけていなかったら、どうして彼女の心は新婚当時に巻き戻されるのだろう？

ビショップが荷物を持って家の中に入ると、ローラは暖炉の前に立っていた。何かおかしな点があるのか、首を傾げて結婚記念の写真を見上げている。

土曜日の午前中、ローラが電話でグレースと話している間、ビショップは隣接する客間の衣装戸棚の奥にしまい込まれていた写真を見つけた。脚立に乗ってその写真をかけ直している間、胸がどきどきしたが、万が一ローラが入ってきた場合に備えて、言い訳を用意した。部屋の片隅に蜘蛛の巣が張っているのに気づいたから、フレームの後ろに蜘蛛が住み着いているかどうか確かめるために写真を下ろした、と。

ところが、ローラは三十分も話しつづけ、その後、写真には気づかなかった。今、彼女は少しずつ暖炉に近づきながらしげしげと写真を見ている。ビショップは彼女が疑問を抱きそうなことを考えた。

ローラから質問を投げかけられたら、なんとか答えをでっち上げよう。明日は彼女を一般開業医のところへ連れていき、専門医への紹介状を書いてもらおう。そのときまでは、少しくらい口を滑らしてもそのままにしておこう。

しばらくしてローラはぽつりとつぶやいた。「曲がってるわ」

ビショップは荷物を下ろしたあと、まだ手近なところに置かれている脚立を取ってきた。それを暖炉の前に置き、フレームをまっすぐにしようとしたとき、またしてもローラの声が聞こえた。

「ずいぶん前のことのような気がするわ。それにしても……」ローラは息を吐き出して笑った。「結婚してからまだ三カ月しか経っていないなんて、信じられる？」

「もっと経ったような気がするな」

ビショップがまっすぐにしたフレームを見て、ローラはうなずいた。「それでいいわ」

ローラは電話機のほうへ歩いていった。彼女が受話器を取った瞬間、脚立から下りたビショップはどきっとし、大股で彼女のところに歩み寄った。彼が受話器を取り上げると、ローラはぐっと顎を引いた。

「今、家に着いたばかりじゃないか」ビショップは受話器を受け台に戻した。「まず荷物をほどいてコーヒーでも飲まないか?」

「キャシーがメッセージを残しているはずなのよ。私たちが読み書き講座を立ち上げたいと思っている話はしたでしょう。話したいことがあると、たいてい水曜日に集まることにしているの」

ローラはビショップが引き下がるのを待っている。しかし、ローラがキャシーに電話をかけたら、何の話かとたずねられるだろう。ローラがさらに詳しく話したら、あなたは過去に生きているのではないかと笑われるだろう。あなたが話しているのは二年前のことだ、と。

ローラにそんなひどいショックを味わわせないようにすべきだろうか? それとも、キャシーにこのもつれた状況をほどいてもらったほうがいいのか?

ビショップは諦めて引き下がった。

「一日中、電話で話しつづけるわけじゃないのよ」ローラは言った。「週の始めに電話するとキャシーに約束したから」

「好きなだけかけるといいよ」

ビショップは廊下を歩いていったが、まるで傾きかけた船の通路を歩いているような気分だった——過去へ、過去へと戻っていくような。できるだけ急いで、できるだけ遠くへ歩いていったら、キャシーもあれこれ質問せず、現在もそこから吹き出す失望感も追いつかないかもしれない……少なくとも今日だけは。

ビショップは東側のベランダに出た。長い間、温かな午後の日差しを浴びながら、茂みから聞こえてくるさまざまな音に耳を傾けた。左手を見ると、巨大な岩の上にワラビーが二匹、ちょこんと座っている。何を噛(か)んでいるのか、リズミカルに口を動かし、ときおり柔らかなグレーの耳をかいている。ビショップが息を吸い込むと、松とユーカリの強い香りが鼻孔に入り込んだ。一年前はここから離れたくて仕方なかったが、同時に懐かしくて仕方なかった。

そう、この生活が懐かしかったのだ。

しかし、今、家の中ではローラが友人と話をしている。ビショップは首に斧(おの)の冷たい刃先を当てられているような気がした。すぐに斧は振り下ろされるのだろうか？　明日か？　来週か？　いったいどんな結末が待っているのだ？

背後から木製の床に当たる足音が聞こえてきたので、ビショップは振り返った。ローラは大股に歩いてベランダに出てくるが、その表情は読み取れない。

「キャシーは家にいたわ」

ビショップは椅子に腰を下ろした。「そうか」

「でも、娘さんとお孫さんたちが来ているらしいの。だから今週のミーティングはやめましょうって言ってたわ」

ビショップはきちんと座り直した。「そうか」

「あとでかけ直すと言ってくれたけれど、そんな心配はしないでと答えておいたわ。私たちは街から戻ったばかりだし、荷物をほどかなければいけないから、と」

〝私たち〟だって？

ビショップは肘掛けに肘を置いて両手を組み合わせた。「キャシーはなんと？」

「赤ちゃんが泣きはじめたから、飛んでいかなければならなかったの」

ビショップはゆっくりと息を吐き出した。「キャシーの孫は何歳？」

ローラはワラビーがいるのに気づき、風に髪をなびかせながらもっとよく見ようと手摺(てす)りに近づいた。

「そうね、生後三、四カ月じゃないかしら？」

「キャシーの孫は一人じゃないんだろう？」

「一人だけよ」

少し前、ローラは〝お孫さんたち〟と言った。無意識のうちに現在の記憶が戻っているのだろうか？

「赤ん坊の名前は？」

ローラは茂みから視線を移して眉を吊り上げた。手摺りから手を放して短く笑う。「いつから図書館員のお孫さんにそんなに興味を持つようになったの？」

「僕が興味を持っているのはきみだよ」ビショップは立ち上がってローラに近づいた。

ローラは艶めかしい笑みを浮かべながら指先でビショップの腕をなぞる。「どれくらい興味を持っているの？」

「十分に持っているよ」

「もう一日お休みを取るくらい？」

「それくらい、おやすいご用だ」

ローラはとびきり晴れやかな笑顔を見せた。だが、すぐに目からうれしそうな表情が消え、別の感情が浮かんだ。警戒しているのか、怯えているのか。

ビショップはローラの肩をつかんだ。「なんだ？どうしたんだ？」

「よくわからないの。あなたがお休みを取ることに慣れていないからじゃないかしら。お休みを取ってほしくないということじゃないのよ。ただ……」

「なんだ？」

ビショップは探るようにローラの顔を見た。彼女の頬から血の気が失せ、目に浮かんでいた信頼感がなくなっている。

「ビショップ……ききたいことがあるの」ローラは唾をのみ込んで唇をなめた。「私に何か話していないことがあるんじゃなくて？」

ローラは妙な気分に襲われたところなのだ。またしても何かが心に引っかかるような感覚が戻ってきた。それは弱まるどころか、どんどん強くなっていく。それがなんなのかはっきりしない。わかるのは、ホテルのロビーでウィリスが私を見たときに何か引っかかるものを感じたことだけ。家に戻って結婚記念の写真を見たときにも、今も……ある仕草を見たり、ある言葉を聞いたりすると、それが意識の表面に飛び出してくるのだ。少し前、ビショップは友人についてありふれた質問をしただけなのに、ここに立って、あの岩の上にワラビーがいて、あの角度から陽光が差していると……。

脇腹に熱い針が突き刺さり、どうしてもそれを取り除くことができない。高さ三メートルの煉瓦(れんが)の壁に全速力でぶつかったような気分だ。それは何をしたから――何を言ったから――なのだろう？

ローラは一心にビショップの目を見つめた。〝私に話していないことはなんなの？〟

「実は……あるんだ」ビショップは言った。

熱い針が抜けたので、ローラはふたたび息をしながら手摺りにもたれた。

「僕にとってきみがどれほど大切な人だったか……話していなかった――十分に伝えていなかった」

ローラは安堵(あんど)感を覚えたものの、ふたたび何かが心に引っかかるような感覚が戻ってきたので顔をしかめた。ビショップの言ったことはおかしい。〝きみがどれほど大切な人だったか〟と過去形になっている。

「あなたが言いたいのは、私がどれほど大切な人か話していないということでしょう」

「今、そのことをきみに知ってほしいんだ」

ビショップの話し方はとても真剣で、表情は……悲しげと言ってもいいくらいだ。

ローラはついほろりとなり、彼の手を取って頬に押しつけた。夫は私を愛している。本当に愛しているのだ。私はなんて幸運なのだろう。

「わかっているわ。私も同じ気持ちよ」

「病院のベッドに横たわるきみを見たときは、本当に驚いたよ」

「心臓の具合が悪くなったと思ったのね？　それなら心臓外科病棟に入っていたでしょう。そっちのほうは何も心配ないわ。安心して」

　またしても針が突き刺さった。今度はもっと深く、もっと強く。

「どういうことになるのかよくわからなかった」ビショップが言っている。

「だからあんな変な態度をとったのね？」

「ああ、前にも入院中のきみを見ているからね」

　ローラは訝しげな目つきをしながら記憶をたどった。たしかにもっと若い頃には入院していたけれど……。

　ローラはきっぱりと首を横に振った。「それは違うんじゃないかしら？」

「そうかな？」

　ふたたび針が突き刺さった。あまりにも深く突き刺さったのでローラは縮み上がった。思わず胸を押さえ、体をひねってビショップから離れた。そのとき、左手のほうから何かを踏み締めるような音が聞こえた。彼女はそちらに目を向けた。当然そこに見えるのは……。

　ローラは額に手をやった。

　何が見えるのか思いつかない。

　ローラは頭の中でイメージを作り上げようとした。けれど、見えるのは跳びはねながら去っていくワラビーだけだ。あの二頭が目の粗い砂利を踏んだにちがいない。今、二頭はブーメランのような形の尻尾とたくましい足を動かして茂みの奥へ入っていく。

〝今、ここにいたと思ったら、もういない。永遠に消え去った〟

　そんな言葉が頭の中を回った。ローラは身を震わせ、自分の体に腕を巻きつけた。私の頭は誤作動を起こしている。そのせいで困り果てている。けれど、治療法はある。

不安を覚えながらもローラは笑顔をつくった。元気がなさそうな言い方はしたくないが、少し横になりたい。

「ビショップ、今日は早めにベッドに入ってもいいかしら？　昨夜(ゆうべ)の寝不足分を取り戻さなくてはいけないでしょう」

「また頭痛がするんだね」

「いいえ。ただ……疲れただけよ」ビショップに促されてローラは家の中に入った。「寝室に来たら、起こしてちょうだい」

ビショップは頭のてっぺんにキスした。彼と一緒に廊下を歩いている途中、ローラはかならず起こすと約束してと頼みたくなった。新婚の花嫁なら、どんなに疲れていてもそうするでしょう？

けれど、ローラの口からその言葉は出てこなかった。ふたたび針が突き刺さりはじめたとき、彼女はその理由を知りたいと思った。

10

翌日、ビショップはローラを伴って地元の診療所へ行った。ドクター・チャットウィンは三十代の女性で、二脚の椅子のほうを手で示した。

「どうぞおかけください」ローラとビショップが椅子に座ってくつろぐと、医師は自分の椅子を引き寄せる。「今朝、ご主人と手短に話をしました、ミセス・ビショップ」

淡いピンクの麻のワンピースを着たローラは、脚を組んで膝頭をつかんだ。「どうぞローラと呼んでください」

ドクター・チャットウィンは笑顔で応えた。「先週、頭を打って、問題が生じているそうですね？」

「それは違います」ローラは膝頭から太腿のほうに手を動かした。「問題では……ありません」

医師は眉を吊り上げ、椅子の背にもたれた。「記憶に問題があるのでは？」

一瞬、ローラは身をこわばらせたあと、肩を引いた。「ときどき霧がかかったように……おぼろげになるんです」

医師は椅子の向きを変えてキーボードをたたいた。「頭痛やめまい、不眠、吐き気はどうですか？」

「頭痛が一度だけ」

「怒りっぽくなったり、取り乱したりすることはありますか？」

「少し」

医師は聴診器を使って診察したあと、簡単な質問をした。住所、氏名、その日の年月日。ローラが二年前の年を言っても、医師は驚いたそぶりは見せなかった。

さらにパソコンに入力したあと、医師は言った。「専門医の診療をご希望でしたね？」

ビショップが答える。「そうです」

医師は紹介状を書きはじめた。「ドクター・スタンザはシドニー一の神経科医だと言われています。ですが、これは緊急を要する症状ではないので、待たされると思っていてください」

ビショップは背筋を伸ばした。「どれくらい待たされるのですか？」

「先生の診療所に電話して確認してください」医師は書きおえた紹介状を封筒に入れ、表に専門医の名前を書いた。「ご存じでしょうが、転倒落下による頭部損傷から記憶障害を起こす例はよくあるのです。先週診察した医師も、たいてい時間が経てば記憶は回復すると言っていたでしょう。ですが、その事故につながる出来事や事故そのもの、直後の記憶が永遠に消えるのも珍しいことではありません」医師は椅子を引いて立ち上がった。「身体的にはとくに心配する点はありませんよ、ローラ」温かみのある茶色の目を輝かせながらビショップに封筒を渡し、笑顔で締めくくった。「ご主人がこんなに気を遣ってくださるのですから、だいじょうぶですよ」

五分後、ローラは車に乗り込んだが、緊張感が顔に出ていることはわかっていた。ビショップは運転席に乗り込んでエンジンをかけたあと、訝しげな目つきで彼女を見た。

「どうかしたのか?」

「専門医のところへ行く必要はないわ」ローラは出し抜けに言った。「ドクター・チャットウィンの話を聞いたでしょう。身体的な問題はないんですって。緊急を要する症状でもないのよ。そんな私を診るのは専門医にとって時間の無駄だわ。費用だって住宅ローンと同じくらい、高額になるかもしれないわ」

ビショップの口の端が上がった。「僕たちには住宅ローンなんかないよ」

「そんなこと、どうでもいいのよ。私はだいじょうぶだと先生が言っていたでしょう」

「僕もそう思うよ。でも、いちおう予約は入れておこう。必要なくなったら、キャンセルすればいいのだから」

「それはみんなにとって時間の無駄だわ」

「そうだとしても、別に不都合はないだろう」ビショップは車を通りに出した。「とにかく、きみは専門医に診てもらうんだ」

三日後、ビショップは薪割り台の上に丸太を置き、斧を振り上げた。斧が振り下ろされ、刃が丸太に当たる音がまわりの森にこだました。

彼は今週いっぱい休みを取った。診療所に行った日から毎日、今日こそ自分の首に斧が振り下ろされるのではないかと思い、戦々恐々としていた。

ビショップはまた薪割り台に丸太を置いた。ふたたび斧を振り下ろそうとしたとき、ローラが現れた。ビショップの携帯電話を持ち、家の裏手の階段を下りて彼のもとにやってきた。香水の香りとともに、今、作っているキャセロール料理とチョコレートケーキの匂いも運んできた。

「ウィリスからよ」ローラは携帯電話を渡したあと、ビショップの頬にキスし、雲一つない青空を見上げた。かと思うと、眉間にしわを寄せる。「帽子をかぶったほうがいいわね」そう言ったあと、軽い足どりで去っていった。「持ってくるわ」

彼女の後ろ姿を見ながらビショップは電話を耳に当てた。電話の向こう側でウィリスはずばりと言う。

「いつまで待たせることができるかわかりません」

ウィリスが言っているのは〈ビショップ建築設備〉の買収に乗り気な企業のことだ。「相手方は社長と話したいと言っています」

ビショップは斧を下ろし、腕で額の汗を拭いながら日陰に入った。「今週は無理だな」

「では、来週始めにしましょう」

「あとで知らせるよ」

「できるかぎり資料は送っておきました。ですが、相手はしょっちゅう電話をかけてくるんです。せめて十分でいいですから、電話で話してください。こんないい話は二つとありませんよ」

ビショップは反対側の耳に電話機を当てた。「来週、相手側に電話する」

電話の向こうから何も聞こえてこない。ビショップはブーツの爪先で黒い土を掘りながらウィリスが何か言うのを待った。

「はっきり言わせてもらっていいですか、サム?」

「きみに給料を払っているのはそのためだからね」

「まだローラの記憶は戻っていないんですね?」

「ああ」

「あなたは力になりたいと思っているのでしょうが、過去の記憶がよみがえったら、またあなたが嫌われる可能性は十分にありますよ。記憶が戻らなくても、ローラに本当のことを言わなければならない。それはわかっているでしょう？」

「そんな単純な話じゃないんだ」

「単純だなんて思っていません。だからこそ二倍慎重にならなければならないんですよ」

ああ、慎重さこそまさに僕の特質なのだ。ビショップはそう思った。

ウィリスは急に話題を変えた。「明日の夜はいらっしゃいますか？」

ウィリスの誕生パーティーに？　ビショップは薪割り台のそばに置きっぱなしにした斧のほうに戻った。パーティー会場には仕事関係の人間が来るだろう。僕が離婚したことを知っている人たちが。僕かローラにそのことや、復縁するのかということを直接きく勇気のある者はいないだろう。もし誰かにきかれたら……。

ビショップはあいているほうの手で斧を持ち上げた。陽光を受けて鋭い刃先がきらりと光った。

要するに、僕はローラの力になりたいのだ。そうだろう？　明日の夜、おかしな状況になってローラが記憶を取り戻したら、僕は彼女をその場から連れ去って説明しはじめるだろう。そんなことは少しも楽しみではない。

しかし、ウィリスの言ったことは的を射ている。僕もローラも過去に生きることはできない。いずれにしろ、無期限にそうすることはできないのだ。

「行くよ」ビショップは言った。「ローラも楽しみにしているからね」

「そうですか。では、そのときに話しましょう」

ビショップが電話を切ったのと同時に、ローラがまた外に出てきた。手につばの広い兎革の帽子を持っている。それをビショップの頭にのせると、ずっとかぶっているように言った。

　ビショップはにっこりしながらつばの縁に手をやった。「わかりました、奥さま」

「会社はうまくいっているの？」

「すべて順調だよ」

「今週、あなたが休みを取ってくれたのはうれしいけれど、仕事に取りかかりたいなら、いつまでも家にいる必要はないのよ。私はだいじょうぶだから」ローラは日差しから目を守りながらたずねる。「ウイリスのお誕生日のプレゼントは何にする？　彼はチェスに興味はあるかしら？」

「ないと思うけどね」

「きいたことはないの？」

「そんな話はしたことがないんだ」

「でも、あなたのオフィスにはチェス盤があるじゃないの。私が結婚記念に贈ったものが」

　あの駒には二十四金のゴールドとプラチナが使われている。あれほどすばらしいものは見たことがない。だが、ローラの言い方を聞いてビショップのアンテナが動きはじめた。この数日間、二人はほとんど一緒に過ごし、散歩やピクニックを楽しみ、それ以外のときは屋内にいてチェス盤をはさんで向かい合っていた。火曜日にドクター・チャットウィンの診療所を出たとき、ローラはふさぎ込んでいた。専門医に会いたくなかったのだ。月曜日の夜、ベランダにいたときも動揺しているように見えた。しかし、その後、彼女は記憶がおぼろげになっているような様子は見せないし、動揺しているふうでもない。ことのほか快活そうに見える。僕を愛する気持ちには少しも変わりがないように見える。いや、それどころか、僕に対する愛情は日ごとに深くなるようだ。

　そして僕は……。

ローラのつぎの質問はビショップを驚かせた。

「最近、ご両親から連絡はあった?」

「二人はパースに住んでいるんだよ」

「そんなことくらい知っているわ。でも、あっちにも電話はあるんでしょう」

数年前、ビショップの両親は西オーストラリアに引っ越した。シドニーからパースまでは飛行機で六時間かかる。息子の結婚式に出席するため二人はシドニーにやってきて、あらゆる点でローラを認めてくれた。唯一困ったのは、式の間中、母親が泣きじゃくっていたことだ。この場にもう一人の息子がいてくれたらと思っていたのだ。あとでそう言っていた。その気持ちはビショップも理解できる。彼も同じ思いなのだから。だが、あの特別な日にそんなことを言ってほしくなかった。

ビショップは心に決めていた。もし自分の身に悲しい出来事が起きても——絶対にあってほしくないが、万が一子供を失っても——その記憶や苦しみや後悔は胸にしまっておくつもりだ。だが、考えてみると、ローラが流産したあとは、あんなふうに壁を作ってそれほどこたえていないふりをせずに、もっと自分の気持ちをさらけ出すべきだった。彼女が打ちひしがれていたとき、もっと自分の気持ちを伝えるべきだった。

あのとき、ローラが求めていたのは強さではなく、慰めだったのだ。

「ご両親をここに招待して、しばらく滞在していただいてもいいんじゃないかしら」ローラは話を続けた。「お母さまはとっても優しいかたのようね。もっと仲よくなれたらいいのだけれど」

「母も喜ぶよ」

「今夜、食事のあとに電話してもいいわね」

「そうだね」そう答えたものの、ビショップは電話するつもりはなかった。

「そろそろお客さま用の別棟を使えるようにしたほうがいいんじゃないかしら」

「ローラ、僕の両親はしょっちゅう旅行しているんだよ。今は家にいないかもしれない」

ローラと腕を組んで家の中に戻る途中、ビショップは心に決めた。両親に電話をかけたふりをしたあと、旅行中で留守だったと言い訳しよう。

翌日の夕方、ビショップとローラはウィリスの誕生パーティーに出席するため、四十分遅れでシドニーに着いた。贈り物はシドニーでも一、二を争う高級レストランの食事券にした。ビショップが車から降りると、パーティー会場の華やかな照明とざわめきが押し寄せてきた。彼は楽天的に考えようとしたが、どうしても無事に今夜を切り抜けられるとは思えなかった。誰かがローラのスイッチを作動させることを言うはずだ。そうしたら、彼女はもっと知りたがるだろう。疑念を抱くだろう。動揺するだろう。ひどく気まずい状況になるかもしれない。

だが、ここまで来て引き返すわけにはいかない。

ビショップは気合いを入れると、車の反対側に回って助手席側のドアを開けた。

「ウィリスには知り合いがたくさんいるのね」ローラは目の前にあるレストランをしげしげと見た。通りに面してずらりと並ぶ窓を通して、大勢の人が動き回ったり、話をしたり、楽しんだりしている様子が見える。ハンドバッグを顎の下に押し当てながらローラはその場にたたずんだ。

ビショップは彼女の背中に手を当てる。「きみがいやなら、中に入る必要はないんだよ」

「行くわ」ローラはそう言ったあと、下唇を噛(か)んだ。「ちょっと心配なだけ。あなたの会社の人はあまり知らないから」

カラフルな豆電球が飾られたドアを開けると、音楽や話し声がいちだんと大きくなった。中には百名近くの人がいるようだ。ビショップはすばやくあたりを見回した。ウィリスの姿はない。それどころか、知っている人間は一人もいない。そのとき、群衆の中から生き生きとした表情の女性が現れた。

エーヴァ・プリンは〈ビショップ建築設備〉の管理部で働く社員だ。今夜はかろうじて太腿が隠れる丈の、体にぴったりしたアクアマリン色のドレスを着て、プラチナブロンドの髪を垂らしている。ビショップに気づくや、エーヴァはシャンパン・グラスを持ったまま、気どった足どりで近づいてきた。

「ミスター・ビショップ！　来てくださるといいのにと思っていたんですよ」

「前にも言っただろう、エーヴァ。サムと呼んでくれないか」ビショップは社員に堅苦しい呼び方をさせるのがいやだったのだ。

シャンデリアの明かりの下でエーヴァのグレーの目が輝いた。「サム」

ビショップは咳ばらいをした。今までエーヴァが自分に熱を上げていることには気づかなかった。

ローラはビショップに寄りかかりながらエーヴァに声をかけた。「あなたは主人の会社で働いていらっしゃるのね、エーヴァ？」

ブロンドの女性の視線が横に動いたとたん、顔から笑みが消えたので、ビショップはどきっとした。

エーヴァはローラの頭のてっぺんから爪先までなめ回すように見る。「主人ですって？」

ビショップは返事を待った。そして、つぎの質問が出るのを。

しかし、ここにいる男性は三カ月前に結婚しているとローラが告げようとしたとき、トレイを持ったウエーターが現れた。

「お飲み物はいかがですか？」

邪魔が入ったことに感謝しながら、ビショップは自分用にジュース、ローラのためにシャンパン・カクテルを取った。さらにエーヴァのグラスのほうに顎を動かす。「お代わりは？」

ローラに向けられていたエーヴァの目は雇い主のほうに戻るや、少し輝いた。「いえ、けっこうです……サム」だが、ふたたびローラのほうを見たとき、表情がこわばった。エーヴァは気まずい状況から抜け出すための口実を考え出した。「あら、経理部のカトリーナが着いたようです。それじゃ、またあとで」あっという間にエーヴァとマイクロミニのドレスが遠ざかっていった。

部屋の奥に準備されたテーブルにはナイフやフォークが置かれ、芳しい香りを放つ生花が飾られている。左手を見ると、湯気の立つ料理が入った二重鍋が並び、その前に給仕スタッフが立っている。

これ以上気まずい紹介は避けたいと思い、ビショップはごちそうのほうに顎を動かした。「料理がなくなるよ」

ローラは顔をしかめた。「まだおなかがすいていないわ。あなたは？」

「あとでもいいけどね」それどころか、家に戻ってからでもいい。ビショップは今夜、何が起ころうと、うまく対処できると思っていた。だが、今は早く帰りたくて仕方がなかった。とはいえ、そのときを遅らせて……しばらく二人きりで過ごしてもいい。

「踊らないか？」

ローラの目が輝いた。「あなたも気づいているのね」

「何を？」

「あの曲よ」ローラはビショップに近づき、ネクタイの結び目をもてあそんだ。「披露宴でワルツを踊ったときの曲だわ」

ビショップが耳をすますと、会場内に流れる曲に記憶を呼び覚まされて胸が熱くなった。ダンスフロアはないかとあたりを見回したが、見つからない。

　ローラは首を伸ばしてたくさんの頭越しに見た。

「あのフレンチドアの向こうに中庭があるわ」

　ビショップはにっこりして腕を差し出した。「では、この曲は僕と踊ってくださいませんか？」

　二人は大勢の人を縫うようにして進み、人目につかない中庭に出た。先ほどよりも小さくなった音楽と近くにある噴水の音が聞こえる。頭上では星が瞬く夜空に三日月がかかっている。地球上には自分たち二人しかいないような気持ちになり、ビショップは丸石を敷きつめた中庭の中央にローラを連れていくと、彼女を抱き寄せてゆっくりと踊りはじめた。

　ビショップにもたれて動きながらローラは顔を上げた。夢見るような目つきで、濡れた唇をかすかに開いている。

　ビショップは心を込めて言った。「今夜のきみは信じられないほどきれいだ」

　今夜、ローラが着ているのは黒のホルターネックのイブニングドレスで、背中が大きく開き、首の後ろで結んでいるリボンにはラインストーンがちりばめられている。

「ということは」ローラは艶めかしい笑みを浮かべた。「私と結婚したことを後悔していないのね？」

「どうしてそんなことを？」

「あっちには美しい女性が大勢いるでしょう」

「いちばん美しい女性は僕とダンスをしているよ」

　ビショップの肩にもたれたまま、ローラは星を見上げる。「十年後に私たちが何をしているか、考えたことある？　二十年後には？」

「僕は今夜を重視しているけどね」

「二人でどれだけ世の中を見ているかしら？　何度お祝いしているかしら？」ローラは星からビショップの目に視線を移した。「今と同じように愛し合っているかしら？」

ビショップの胸の鼓動が激しくなった。彼は返事をしない。なんと言ったらいいのかわからないのだ。ローラは眉間にかすかなしわを寄せ、またしても彼の襟に頬を押し当てた。

しばらく沈黙が続いたあと、ローラは小さな声でたずねる。「あなたは幸せ?」

「幸せじゃないように見えるかい?」

ローラはふたたびビショップを見上げた。「いいえ。私たちはこれからもずっと幸せでしょうね。ちょっと考えていたのだけれど、来週、例の専門医に会って、先生が安全宣言を出してくれたら――」

「まず受診してみてからの話だろう」

「子供を作ることをもっと話し合ってもいいんじゃないかしら」

ビショップはローラの背中を撫でた。「その話は家に帰ってからにしよう」

「もめごとはいやだけれど、このことはいつかまた話さなければいけないのよ」

「ここはそういう話をする場所じゃないだろう」

ローラが身を引いたので、ビショップは後悔した。ついそっけない言い方をしてしまった。ローラにとって子供を作ることがどれほど大事かわかっているのに。僕はわざとぐずぐずしているだけだ。ぐずぐずして彼女の記憶が戻るのを待っているのだ。

あるいは、ほかのことを考えようとしているのかもしれない……思いつき程度の愚かなことを。ローラがまた妊娠して、今度は臨月を迎え、健康な子供を産んだら、どうなるだろう? 彼女の体調を考慮すると、恐ろしい考えだというのはよくわかっている。だが、こんなふうに月の下でダンスをしながら、ローラを家に連れて帰ることを考えると、危険なほど気持ちをそそられる。

音楽がやんだのと同時に、会場内で誰かがマイクを取った。「みなさん、ケーキの登場です!」

ローラは二、三歩引き下がり、耳から垂れ下がるダイヤのイヤリングに触れた。それは二年前、ビショップから結婚の記念に贈られたものだ。

「あとで話そう。約束するよ」

ローラはビショップの言葉を信じたいというように、弱々しい笑みを浮かべた。

レストランの中に戻ると、部屋の奥に大勢の人が集まっていた。丸テーブルに大きなケーキが置かれ、いちばん上にろうそくが明々ともっている。

誰かがやじった。「さっさと吹き消してくれ。さもないと、この店が全焼してしまうからな」

タキシード姿のウィリスが笑った。

誰かが叫ぶ。「スピーチをお願いします！」

主役が両手を上げると、一同は静かになった。

「まず最初に、今夜、ここにお集まりいただいた方々に感謝します」ウィリスが言った。「たしかに三十の大台に乗ったことは画期的な出来事です。でも、僕はここに至るまでの人生を楽しんできました。最高の出来事は妻との出会いです」ウィリスが片手を差し出すと、小柄な女性が頬を赤く染めて彼に近づいた。「彼女と出会って、ようやく僕の人生は完全なものになりました」妻を引き寄せてキスした。

誰かが大声をあげた。「いやに感傷的になっているじゃないか、ウィル」

「もっと感傷的になるぞ」ウィリスは言い返した。「みなさんに大切なお知らせがあります」全身に愛をみなぎらせながら妻をなおも引き寄せる。「ヘイリーと僕のところに新しい家族ができる予定です」

いっせいに歓声があがった。グラスがぶつかり合う音がする。ウィリスとヘイリーは若い恋人同士のように抱き合った。

ビショップは気落ちしながら横目でローラを見た。ローラの目が潤んでいる。ビショップに見つめられていることに気づくと、無理に笑顔をつくった。

「私もうれしいわ」そう言ってうつむいた。

ビショップはローラの背中を撫でた。今夜は二人でここに来てダンスも踊った。もう大事な〝お知らせ〟も終わったし、そろそろ引き上げてもいい頃だ。

ビショップが家に帰ろうと言おうとしたとき、目の前にウィリスが現れた。まわりでは彼の幸せを祈る人びとがグラスを挙げている。

ウィリスはビショップとローラに会釈した。「来てくださってありがとうございます。ローラ、今夜はいちだんとすてきですね」

「おめでとう」ローラはウィリスの頰にキスした。

「あなたも奥さまも本当に幸せそうね」

「僕たちはずいぶん頑張ってきましたから。そう、二人とも有頂天になっていますよ」

大勢の人からお祝いの抱擁を受けたあと、ヘイリーは夫のもとにやってきた。その顔は輝いている。かつて妊娠を知ったローラのように、頰を薔薇(ばら)色に染め、健康でかわいらしい赤ん坊の母親になることを知ってあふれんばかりの自信を見せている。

ウィリスはまた妻を引き寄せた。「ヘイリー、サム・ビショップは知っているだろう。それから、こちらはローラ」

ビショップはすばやくまわりにいる人びとを見回した。中には手で顔を隠してひそひそ話をしている者もいる。社長が連れている美女を見て、ぽかんと口を開けている者もいる。女性たちは二人の指にはめられた結婚指輪に気づいたかもしれない。

「お噂(うわさ)はかねがね聞いています」ヘイリーは言った。

「あなたやご主人とお近づきになるのを楽しみにしているんですよ。ご主人は最近、ビショップの会社で働きはじめたそうですね」ローラはほほ笑んだ。

ビショップは身をこわばらせたが、ヘイリーは妙な好奇心を持っている様子は見せず、ただほほ笑んただけだ。どうやらウィリスから前もって注意されているらしい。

「ウィリスから聞きましたが、ブルー・マウンテンズのお宅に招待してくださったそうですね。いつか伺うのを楽しみにしています」

「その頃にはおなかが大きくなっているかもしれませんね」

ヘイリーは顔を輝かせて腹部に触れた。「まだ十二週目なんですよ。あと一カ月くらいしたら、坊やが動くのがわかるそうですけど」

「男の子がほしいのですか?」

「どちらでもいいのですけど、ウィリスは息子がほしいのではないでしょうか」

ウィリスの手が妻の手の上に重なった。「男はみんな、そうじゃないのか?」

ヘイリーは夫の頬にキスした。「そろそろみなさんにケーキをお配りしなくちゃ」

ウィリスと妻が去ったあと、ビショップはローラの手をつかんだ。「まだここにいたいか?」

「そろそろ引き上げてもいいかしら」

ローラが足元を見つめているので、ビショップはまた目に涙が込み上げてきたのだろうと思った。ヘイリーの妊娠は喜ぶべきことかもしれないが、そのことでローラは傷ついているのだ。

「帰ろう」ビショップはローラの腕に腕を絡ませた。「家に戻って話をしよう」

専門医を受診するまで先延ばしにすることはできない。どんな結果になろうと、僕がローラにすべてを話さなければならないのだ。

ところが、ビショップが歩きはじめると、ローラは立ち止まった。濡れた睫毛を上げ、訴えかけるような目つきで彼を見つめる。

「話なんかしたくないわ。ビショップ、私は子供がほしいの。今夜、作りたいのよ」

11

家に向かう車の中で、ローラとビショップは彼女の率直な願いについて話をしなかった。彼女は子供を作りたいと言った……将来ではなく、今夜！

車が順調に進みはじめると、ビショップはＣＤをつけてからローラの手を取り、親指で手の甲を撫でた。彼女は自分の願いについてもっと話したいと思っていた。一方的に自分の言い分を述べるのと、夫の承認を得ることとは違うからだ。

実際、結婚してからまだ数カ月しか経っていない。だから急いでこんなことをする必要もないのだ。とくにビショップは行く手にさまざまな障害が——私の心臓病や子供を失うことに対する不安が——あると思っているのだから。けれど、今夜ウィリスが妻の妊娠を発表したとき、理屈や不安よりも大きな何かが私の耳にささやきかけた。〝今こそ行動を起こすときだ〟と。

家に戻るや、ビショップは寝室に向かおうとしたが、ローラは居間で立ち止まった。静まり返った暗がりの中、首の後ろに手を伸ばしてリボンの結び目を引っ張ると、イブニングドレスが床に落ちた。

ビショップの熱い視線がローラの体を這い回る。たちまち部屋の温度が急上昇し、彼女の全身が燃えるように熱くなった。

「今夜は暖炉のそばで過ごしたいわ」

ビショップはジャケットを椅子に放り投げた。彼の視線は胸のふくらみを通り過ぎ、腹部と脚の付け根で止まった。期待に身を震わせながらローラがたたずんでいると、ビショップはネクタイをはずしてシャツを脱いだ。

ビショップは前に進み出た。暗がりの中で二人の視線が絡まり合った。彼は低くかすれた声できく。

「火をおこそうか？」

「いいわね」

ビショップが暖炉のほうに歩いていき、薪の山から小さめのものを選んでいる間、ローラは毛布と枕を取りに行った。彼女が戻ってきても、ビショップは気づいたそぶりを見せないし、振り返りもしない。ローラは部屋の中央に敷かれたラグの上に毛布を広げながら、ビショップの広い背中を見つめた。

ビショップは私と愛し合いたいはずだ。だけど、私にあんなことを頼まれたから動揺しているのかしら？　私ははっきりと自分の願いを伝えた。彼はだめだとは言わなかった。けれど、この状況に満足しているわけではない。彼が私に腹を立て、その怒りが続いているとは思いたくない。どんなときでもそういうことはいやだけれど、子供を作るつもりならなおさらだ。

全身に震えが走ったので、ローラは二枚目の毛布を胸に押し当てた。

強引すぎることはわかっていると話したほうがいいのかもしれない。まだ時間はたっぷりある、と。子供を持つことは――自分の血を分けた子供を持つことは――私にとって大事な問題だ。だからといって、夫との関係を危うくしてもかまわないのだろうか？　結婚生活を危うくしても？

そのとき、ビショップが振り返った。しゃがんだまま体のバランスを取りながらにっこりする。その笑顔を見たとたん、ローラの体が温かくなった。

ビショップは怒っていない。今までどおり私を愛しているし、私を支えてくれる。

ローラが二人の〝ベッド〟の上に座った拍子に、片方の肩から毛布がはずれた。彼女は膝を抱えながらビショップの一挙一動を見守った。彼は立ち上がってマントルピースの上に置かれているマッチを取った。暗い部屋に燃え上がった火がビショップの角張った顎と広い胸を照らす。ローラはすっかりくつろいで毛布の上に横たわった。

　暖炉の中でオレンジ色の炎が高く燃え上がり、薪がぱちぱちと音をたてると、ビショップは振り返った。一心にローラを見つめながら靴を脱ぎ捨て、ベルトをはずし、身に着けているものをすべて取り去ったあと、彼女の横にひざまずいた。揺らめく炉火の明かりに照らされた顔は優しそうにも見えるし、緊張しているようにも見える。

　ビショップはローラの隣に身を横たえた。広い胸は規則正しいリズムで波打っている。筋肉が盛り上がる腕には幾筋もの血管が走っている。さらに下のほうを見ると、今にも弾けそうな情熱の証(あかし)が解放のときを待っている。

　ビショップに抱き寄せられた瞬間、ローラは息をのんだ。彼と愛し合うのは初めてではない。けれど、この結びつきがもたらすかもしれない貴重なもののことを考えると、頭がくらくらする。

　ビショップは唇を重ねながら思いきりローラを抱き締めた。大きな手が彼女の髪を撫で、頬を伝って顎の下へ移動したあと、彼女の顔を上に向かせる。彼のキスはさらに激しくなっていく。ローラは乳房に押しつけられる硬い胸の感触を存分に楽しんだ。

　やがてキスの勢いが和らいだのでローラは一息つき、ビショップの首に絡ませていた腕を下ろした。ざらざらする顎を両手で包んで彼の目をのぞき込む。

「ねえ」

「なんだい？」

「永遠にあなたを愛しつづけるわ」

　ビショップは唇を曲げてほほ笑んだ。「永遠に。それは約束か？」

「誓いよ」

ふたたび炎が燃え上がると、ビショップの唇がローラの唇に重なって縦横無尽に動き回り、彼女の血を沸き立たせた。

少ししてビショップは唇を離し、乳房の間を舌でたどり、指先でふくらみの先端をもてあそぶ。すると、体が熱く潤みはじめたので、彼女は誘うように腰を浮かせた。ビショップは乳房にキスの雨を降らせ、舌と歯の愛撫を繰り返す。

ローラは手をしだいに下のほうへ動かしていき、引き締まった胸や腹部を通り越して、煮えたぎる欲望の高まりに指を絡ませた。反射的にビショップがふくらみの先端に歯を立てたので、たまらず彼女は体をのけぞらせた。

「お願い」ローラはささやきかけた。「こんなにもあなたをほしいと思ったことはないわ」

ビショップがふたたび貪るように唇を奪うと、ローラはどうしようもなく身を震わせた。秘めやかな部分が激しくうずき、このままでは上りつめてしまいそうだ。彼の手はヒップから離れて脚の付け根へ移動したかと思うと、太腿の内側に滑り込み、いちばん敏感な箇所に触れた。ローラは息をのみ、そこから湧き起こる狂おしい感覚に全神経を集中した。彼の手がその場所を滑るように動き回ると、ローラはこらえきれずに腰を動かした。

ビショップはローラの首に鼻を押しつける。「きみが望んでいるのはこれか？」

「ええ……あなたは？」

「ああ」

ビショップはローラの腰をすくい上げ、すでに燃えるように熱い体の中に侵入した。ローラは唇を噛み締めながら彼の下で動き、もっと奥深くまで彼を迎え入れようとした。彼の動きが速くなるにつれ、天井がどんどん高くなる。

ローラはぼんやりと気づいていた。暖炉の火が音をたてて燃えている……薪の匂いが漂い、情熱がくすぶっている。そのとき、体の奥深くで脈打ち、熱く燃えているものに注意を引きつけられた。ビショップはローラの名前を呼び、切羽詰まったように突き進む。彼女は全身をこわばらせてたくましい腕にしがみついた。

つぎの瞬間、目もくらむばかりの爆発が起こり、二人はともに燃え盛る火の玉にのみ込まれた。

翌朝、ビショップは目をこすりながら寝返りを打ち、自分の横のあいたスペースを見つめた。昨夜、暖炉の前で愛し合ったあと、二人は寝室へ移動したのだ。ローラはどこにいるのだろう？

ビショップは寝具を払いのけて床に足を下ろした。浴室にも人のいる気配はない。彼はズボンをはいて廊下に出た。

「ローラ！　どこにいるんだ？」

ローラが消えるはずはない。たぶんベランダでくつろいでいるのだろう。あそこは彼女のお気に入りの場所だから。

ビショップは誰もいないキッチンを通り抜けた。朝食の準備がされている様子はない。そのあと、二人のホーム・オフィスやほかの部屋の前を通り過ぎた。しだいに胸の鼓動が速くなるのを感じながらベランダに出てあたりを見回した。いつものように森林地帯独特の心を落ち着かせる音が聞こえてくる。あたりは薄気味悪いほど平穏だ。

ビショップは家の中に戻り、廊下をゆっくりと走って家の反対側に向かった。

車は二台ともガレージにあり、使われた形跡はない。ビショップはゆっくりと方向転換した。まわりから壁が迫りはじめ、視界の端がぼんやりしてきた。目覚めてローラがいないことに気づいたときから、心の奥に引っかかっている思いを振り払うことができない。またあんなことが起こるはずがないという思いを。

ビショップは大急ぎで外に出た。玄関前の階段を駆け下りたとき、真っ赤な長いネグリジェが目に飛び込んできた。ローラはまさに心配していた場所にいる。橋の上で縁ぎりぎりのところにたたずみ、ぼんやりと遠くを見つめている。

「ローラ！」

ビショップはいきなり駆けだした。息を切らしながら近づいてローラを引き寄せ、腕をつかんで自分の目を見させようとした。ところが、彼女の目つきは虚ろでぼんやりとしている。

ビショップはローラの顎をつかんで顔を上に向かせた。徐々に彼女の目は焦点が定まってきた。

「だいじょうぶか？　ローラ、答えてくれ」

ローラは眉根を寄せて目を閉じ、ゆっくりと首を振る。「よく……わからないの」瞬きしながら目を開けた。「先に目が覚めたからちょっと散歩しようと思って。別に……こっちに……こんなところまで来るつもりはなかったのよ」ローラが震えると、腕に鳥肌が立った。「ビショップ、とっても変なことがあったの……夢じゃないかと思うのだけれど」

「中に入ろう」ビショップは胸に込み上げてくるものを抑え込んだ。「外は寒いからね」

ところが、ローラは彼の手を振りほどき、じりじりとあとずさりして手摺りに近づいていく。額に片手を当て、もう片方の手で木製の手摺りを握り締め、橋の縁から下にある生け垣をのぞき込んだ。

慎重に歩を進めながらビショップはローラに近づいた。彼女の手は震えている。彼の手も同じだ。

ついに来るべきときが来た。この数日間、ローラが口に出せなかった記憶の断片が一つにまとまり、形を成したのだ。昨夜、ビショップはすべてを打ち明けるつもりだった。どんな結果になろうと、彼女は現在に戻るべきだと思ったからだ。ところが、弱気になってしまった。ローラに子供がほしいと言われたとき、以前に抱いた考えを思い出した——彼女が妊娠したら、今度こそ赤ん坊と二人の結婚生活を守ることができるかもしれないと思ったことを。それが間違っていることを承知しながら、昨夜は避妊せずにセックスした。

「流産したことを思い出したわ」ローラがつぶやいた。「痛み。出血。病院のベッドに横たわっていたこと……泣いたことも……でも、ありえないでしょう。妊娠したことなんてないんですもの。子供を亡くしたこともないわ。そんなことがあったら……」

ローラはビショップと視線を合わせたが、目には涙があふれている。

ビショップは手摺りにもたれた。いよいよ始まった。蛇口から水が流れ出すように記憶があふれ出すのだろう。最初は流産のこと、つぎに二人の心の隔たりが大きくなったこと、橋からの転落、口論、信頼関係の崩壊。昨夜、避妊せずに愛し合ったとき、そんな状況が変わったと思わずにいられなかった。最後の記憶の断片がきちんと収まったとき、彼女はなんと言うだろう？　もっと大事なことは……。

昨夜の結びつきは新たな命を生み出したのか？

「椅子に座ろう」ビショップはローラのウエストに手を当て、手摺りから離れるよう促した。

「筋が通らないでしょう？」ローラはまた額に手を当てた。「何もかもがごちゃごちゃなの」

「さあ、ローラ。中に入ろう」

ようやくローラがうなずいたので、二人は家の中に戻った。ビショップは彼女を自分のホーム・オフィスに連れていき、ソファに座らせた。

ローラはぎこちなくほほ笑んだ。「今週中に専門医に診てもらったほうがよさそうね」

ビショップはローラの肩に毛布をかけたあと、隣に腰を下ろした。「何も問題ないよ」

ローラはにっこりしたが、探るようにビショップの目を見る。「ずっと気になっていたことがあるのよ」涙で睫毛が濡れている。「先週、あなたは言ったでしょう。あなたにとって私がどれほど大切な人だったか話せばよかったと。私はそれはおかしいと言ったでしょう。あれはどういうことなのか知りたいの。教えて。お願い」

ビショップの頭がうずきはじめた。胸がむかむかし、喉の奥がひりひりする。

ローラは身をこわばらせ、赤いシルクのネグリジエを握り締めた。「どんなことだろうと、隠さないで。あなたを信じているわ。何もかも知りたいの」

ビショップは彼女の手を取って握り締めた。「どうしたらいいのかわからなかった。だが、医師からきみを家に連れて帰ってもいいと……いずれ記憶は戻ると言われたとき、僕は窮地に追い込まれた」

「どんなふうに？」

「二人で家に帰ったら、きみにとってさらにややこしい状況になった。どんどんおかしなことが増えていっただろう？」

ローラはうなずいた。「あなたを心配させたくなかったのよ。たいしたことじゃないと思ったから。だけど買った覚えのない服や靴や食器が見つかったの。家のまわりに生えている植物が伸びていたから、私が小さくなったのかと思ったわ。結婚記念の写真を見ても……なんとなくしっくりこなかったの」

ビショップは息を吸い込んだ。どこから話しはじめたらいいのだろう？　できるだけローラを苦しめたくない。彼女は理解してくれるだろうか？

「私、悪い病気にかかっているの？　だから落ちたの？　体のバランスを失って？　それとも心のバランスかしら？」

「どうしてきみがあの橋の上で足を滑らせたのかは

わからない。二回とも」

「二回とも？」

「先週、きみは橋から落ちて頭を打ち、記憶の一部を失った。事故直前と直後の記憶だけじゃない」

「どれくらいの期間の記憶？」

「この一週間、きみは過去の思い出の中で生きていた。二年前の思い出の中で」

ローラは手を引っ込めた。「それはおかしいわ。結婚してから二年以上経ったと言っているの？」

「それよりもっと込み入った話なんだよ。二年前の今頃……きみは妊娠した」

ローラは胸を殴られたような衝撃を覚えた。ビショップの言ったことはばかげている。あまりにもばかげているので笑いたいくらいだ。

「私が妊娠したというなら、子供はどこにいるの、ビショップ？　誰かにあげたなんて言っても、信じないわよ。まさか……死んだわけじゃないわね？」

ビショップは視線をそらした。

胸の奥から激しい怒りが湧き上がってきて、ローラの顔は真っ赤になった。九カ月間の妊娠期間を経て出産しながらそれを覚えていないなんてことを、私が信じると思っているのかしら？

「嘘でしょう」

ビショップはローラの腕をつかんだ。「よく聞いてくれ。きみは妊娠二期目で流産した。ショックのあまり打ちひしがれた。僕はきみの心の痛手を癒やすことができなかった……誰もできなかった」

またしても記憶の断片がよみがえった。痛み、混乱状態、苦悶が。その勢いと生々しさにローラは身を引き裂かれるような思いがした。彼女は愛する男性の目を見つめた……かつて愛した男性だろうか？　すると、記憶の断片が正しい場所に収まった。私とビショップはもう結婚していない。別居してからまる一年経つのだ。それ以上――。

ローラは息ができなくなった。重苦しい感覚が全身に広がっていく。グレースが慰めてくれたことを思い出した。医師が、再挑戦してはいけない理由はないと説明していたことも。ビショップは……。

ビショップはホーム・オフィスにいて、コンピューター画面を見つめていた。片手にルービックキューブを持ち、顔にはまったく表情を浮かべずに。

「僕は子供を作ったらどうなるのか心配だった」ビショップが言う。「わが家に起きた悲劇を考えると、出産後に子供を失うのではないかと心配だった。流産のことまで考えていなかった。きみが流産したあと、僕は呆然（ぼうぜん）となった。薄情だと思われるかもしれないが、これでよかったのかもしれないと自分に言い聞かせようとした。しかも、きみのそばにいなかった。いようとしたが、きみが何を求めているのか、何を言ったらいいのかわからなかった。そして僕が近づこうとすると、いつも――」

「私が押しのけたのね。あなたに腹を立てていたのよ。あなたの心配が的中したから。あなたは子供を作るのはよくないと言ったわ。私は十分に健康だと思っていたけれど、けっきょく……」また熱い涙が込み上げてきた。「そうではなかったわ。でも、あなたは健康そのもの。ああ、そのことでどれだけあなたを憎んだか……」

つぎからつぎへと記憶がよみがえり、心に重くのしかかった。ローラはさっと立ち上がった。

「私たちは何度もけんかしたわね」当てもなく部屋の反対側に歩いていった。「だんだん離れている時間が長くなったわ」

「きみはもう妊娠したくないと思っていたから、僕も無理強いしたくなかった」

そのとき、別の記憶がよみがえり、ローラは腹部を押さえた。「そして、落ちたのね」振り返ってビショップの目を見つめる。

「あの橋から。それが最初、一年半前のことだ」

そう。ローラは思い出した。何もかも思い出した。朝早く橋を渡っていたのだ。露で板が濡れ、片側に小石が転がっていた。それに足を取られて滑り、手摺りの真下に倒れて川床の石の上に落ちた。けれど、かつて石があったところには今、木が生い茂っている。私が落ちたあと、ビショップがそこに生け垣を作らせたからだ。

ローラの片方の目尻から涙がこぼれ落ちた。

「どうしてなの？　私は傷ついていたから、支えてほしかったのに。橋から落ちたとき……」

「どんなふうに考えたらいいのかわからなかった。きみはとっても――」

「不安定だったから？」ローラは拳を握り締めた。「私は子供を亡くしたのよ。でも、どんなに落ち込んでいても、自分を傷つけるようなことはしないわ。あのときは足を滑らせたの。事故だったのよ。それなのに病院で……あなたは私の顔を見ようともしなかったわ」

ビショップは立ち上がった。「僕が間違っていたんだ」

「どうしてそう言ってくれなかったの？」

「言おうとしたよ」

「嘘をつかないで」

ビショップは二歩、前に進み出た。「僕はきみと話し合おうとしているんだよ」

「そんなことをしても手遅れだと思わない？」

ビショップは苛立たしげに両手を挙げて壁のほうを向いた。「だから僕は出ていったんだ――」

「私が出ていってと言ったからでしょう」

「……いつまで議論してもこの問題は解決しないからね」

そのとき、あることに気づいてローラの膝から力が抜けた。この状況は十分に悪いけれど、百倍悪くなるかもしれない。

ローラは机の端にもたれて倒れそうな体を支えた。

「ああ、どうしよう。昨夜(ゆうべ)……」

ローラに背を向けたまま、ビショップは片手で顔をこすった。「ああ、わかっているよ」

ローラはまた腹部に手を当てた。「妊娠したらどうしよう?」

ビショップが振り返ると、彼女の驚きの表情は警戒するような表情に変わった。彼は堂々とした態度を見せ、何が来ようと受けて立つ態勢を整えている。

ローラは机から離れてビショップのほうに近づいた。「わかっていたのね……この一週間ずっとわかっていたんでしょう。なのに、私とセックスしたのね――」

「愛し合ったんだよ」

「私の本当の気持ちを知りながら? あなたはこの機会を利用して楽しんだだけよ」

「そうかな? 僕はきみの中のある部分がわざと隠れているのかと思っていたんだ。きみは僕と一緒にいたかったんだろう?」

「それはどういう質問なの?」

「夫が妻にぶつけている質問だよ」

「私たちはもう結婚していないのよ」

「この一週間は結婚していたんじゃないのかな」ローラがくるりと背を向けると、ビショップは腕をつかんで彼女を自分のほうに向かせた。「昨夜は僕を愛していなかったと言ってごらん。その前の夜もその前の夜も」

「そんなことを言うのはフェアじゃないわ」

「フェアかどうかなんてどうでもいい。僕が気にしているのはきみのことだ。僕たちのことなんだよ」

ビショップをにらみつけながら息を吸い込んだとき、ローラの頬を涙が流れ落ちた。今までよりも穏やかな口調で彼女は話しはじめる。「あなたはおかしなやり方でそのことを伝えるのね」

ビショップはローラの腕を放し、自分の腰に両手を当てる。「きみは話を聞く準備ができているのに、このことをひどく悪く受け取っている。最初の夜にきみにきっぱりと事実を伝えたら、どうなっていただろう？　そうすべきだったのか？　そうすれば、僕は今ほどいやなやつにならなかったか？」

ローラはぷいと顔を上げた。「ええ」

「そうなのか？」

グリーンの目に浮かんでいた敵意が少し和らいだ。ローラは窓辺に近づいて脇柱に手を当てながら長々と外を見つめた。

「いいえ」ローラは認めた。「でも、そうしてくれたらよかったのに……容赦なくすべてを話してくれたらよかったのにと思うわ。病院で私の記憶喪失がわかったときに、すぐに立ち去ってくれたらよかったのに」

「きみのお姉さんから電話がかかってきたとき、病院に駆けつけるのを断ってもよかったんだ」

「それなのに、あなたはドクター・チャットウィンの診療所に予約を入れた。仕事も休んだのね」

「なんとかこの問題を解決したかったんだ」

「残念ながらうまくいかなかったわね」

「僕を非難したいなら、するといい。もう慣れっこになっているからね」

「そんなことをしても、もう手遅れでしょう」

「とんでもない」

ローラは鋭い目つきでビショップを見据える。

「どうしてあんなことをしたの？　一年以上も離れて暮らしていたのに、どうして避妊せずに私とセックス……愛し合ったの？」

「この一週間で僕たちの絆（きずな）はまだ切れていないことが証明された。この数日間で僕は、期待するように、信じるようになったんだ。今度こそ、僕たちは問題を解決できるかもしれないと」

ローラは唇を固く結んでいたが、流れ落ちる涙を見られたくないのか、急にまた窓の外を見つめた。

ビショップは彼女に近づいた。

「何を考えているのか話してくれ」

ローラは唾をのみ込んだ。「話すのが怖いの」

「とにかく話してごらん」

ローラは何度か瞬きしてから話しはじめる。「私には本当に愚かで自虐的な一面があって……」

ビショップが代わりに言う。「子供を身ごもりたいと願っているんだろう？」

窓の外に目を向けたまま、ローラはうなずいた。

ビショップは二人の間の距離を縮め、彼女のウエストに腕を絡ませる。ローラは横目で彼を見上げた。二人の目が合うと、彼は励ますようにほほ笑んだ。

「二人でなんとかしよう」

「前にもそう言ったわね」

「きみが病室にいたとき、お姉さんがこれは僕たちにとって二度目のチャンスかもしれないと言ったのを知っているかい？」

「グレースがそんなことを？」

「ああ。とても信じられないけどね。てっきり嫌味を言っているんだと思ったよ」ビショップの顔から笑みが消えた。「だが、きみを家に連れて帰ってから、少しずつ考え方が変わったんだ」

ローラが首を曲げたので、ビショップは彼女が降伏するのではないかと思った。ところが、彼女は背中に手を回して彼の手をつかみ、自分の体から引き離そうとした。「わざとこんなことをしているんでしょう」

「こんなこと？」

「私を混乱させようとしていること」

「僕は脱混乱させようとしているんだ」ローラが動きを止めて、何はともあれ笑顔を見せたので、ビシヨップもにっこりした。「ああ、そう、そんな言葉はないな」ローラの指に指を絡ませ、ふたたび彼女をソファのほうへ連れていった。

ローラの視線は当てもなく部屋の中を動き回っている。彼女は記憶をたどっているようだ。

「あなたは子供を作ることに賛成してくれたわね」ローラはぼんやりと言った。「そうしたら、私はすぐに妊娠したわ。とってもうれしかった。あなたもうれしそうだったわ。けれど、仕事が忙しくて、だんだん家には戻らず、街にいることが多くなったわ」指でソファを突いた。「でも、家にいるときのあなたの目にある表情が浮かんでいるのに気づいたの。あなたはつぎにどんな手を打つのか自分で決めたいのよ。どんなことも自分で管理したいの。私が妊娠したとき、あなたが何よりも管理したかったものは手を離れてしまったんだわ」

ローラは長々と息を吐き出して気持ちを落ち着かせてからふたたび話しはじめる。

「私は子供部屋用の家具や寝具を買いましょうと言ったわ。ある日シドニーに行ったとき、宝石店のショーウインドーで前からほしかったハートと十字架と碇を使ったアクセサリーを見つけたのに、あなたは〝また今度にしよう〟と言ったのよ。それから、流産したあと……」またしても目に涙があふれた。「あなたはどこかほっとしているようだったわ。ある意味であなたの正しいことが証明されたし、リスクもなくなったんですもの。あなたは指揮権を取り戻し、二度とそれを手放すつもりはなかった。そのあと、あの事故があったのよ。私が橋から落ちたの。あなたは、私がひどく動揺して自分を傷つけようとしたと思ったのでしょう」ローラはうつむいた。「あれ以来、私たちは二度とベッドをともにしなかったわ」

ローラは目を閉じて肩をすくめた。ビショップは彼女の胸の痛みがよくわかった。彼女があの小さなアクセサリーを買いたがっていたのは覚えている。あんなものを買ったところで結果は同じだっただろうが、買わなかったのは間違いだった。正直な話、ローラの妊娠がうまくいくとは信じていなかった。あの頃は自分が悲観主義者だというのを否定しようとしたが、あの日、宝石店に入らなかったことでそれが証明された。

「記憶を失ったとき」ローラがぽつりとつぶやいた。「私があの時期のことを忘れてしまったので、あなたはうれしかったでしょう？」

「あの時期はきみが悲しい思いをしただけだからね」

「でも、あれも私の人生の一部なのよ。どんなにつらくても覚えていたいわ」

「それじゃ、あくまでも悲しみや絶望感を忘れないつもりなのか。それで僕たちが分かち合ったものが消滅するとしても？」

「私が必要としていたのは支えだったのよ。無視されることじゃないわ。だけどあなたは出ていった……」ローラはソファに座ったまま落ち着かなげに動き、部屋の中を見回した。「でも、あなたが出ていったのは、私に出ていってと言われたからなのよね。私があなたを追い出したのよ」

ビショップの口元がゆがんだ。ついに敗北を認めて家を出たとき、僕は自分に失望していた。僕は失敗したのだ。自分にとってそのことが大打撃だった。それでも、男は強くなければならないという考えは変わらなかった。ローラが流産したあと、あの寒々としたつらい日々に耐えてきたのだから、この氷雪の嵐のような状況にも持ちこたえなければならない。今、ローラは同じ気持ちだったと言っている。孤独で、寂しくて、手を差し伸べたいと思っていた。もしくは、差し伸べてほしいと思っていた、と。

ビショップは肩をすくめた。「こうなった責任は両方にあるんじゃないのかな」

ローラはためらいがちにビショップのほうを向いたが、しっかりと相手の目を見つめた。「ごめんなさい。今さらこんなことを言っても手遅れだけれど。こんな結果になって本当に残念だわ」

「ああ、僕も残念だ」

ローラはソファの背にもたれた。「むずかしいのは、これからどうしたらいいのかという問題ね」

「それはきみが決めることだ」

「まだ頭がくらくらしているのよ。この一週間の出来事をどう思うかということはもちろん、朝食にシリアルを食べることだって考えられないわ」

「少しゆっくりして気持ちを落ち着かせよう。数日後にどうなるのか様子を見ようよ」

「私が妊娠しているかどうか見るということ?」

「もし妊娠していたら、僕たちは重大な決断をしなければならないね」

それから少しあと、去っていくビショップを見送りながら、ローラは悲しいのかほっとしているのかよくわからなかった。

二人で話し合った結果、考えることが山ほどあるし、同じ家にいると、感情が高ぶって混乱するだけだという点で意見が一致した。

出発前、ビショップは朝食を勧められても断った。道路が込まないうちに早く出発したほうがいいと言った。とはいえ、今日は日曜日なので、大渋滞にはならないだろう。

ランド・ローバーが長い庭内路を進んでいくと、ローラはポーチにたたずみ、中ぶらりんの状態になったという感覚を振り払おうとした。二人の関係についても、自分の人生についてもそうだ。けれど、もの思いにふけったり、自分を憐（あわ）れんだりしている暇はない。できるだけ早く、妊娠しているのかしていないのか知りたい。前回いろいろ調べた結果、性交渉後六日経てば検査可能だとわかった。

私は生きつづけられるのだろうか？　今、人生は虚しいものに思える。それとも、長い間育んでいた夢はかなうのかしら？　とはいえ、妊娠は新しい生命をこの世に生み出す過程の一部でしかない。臨月までおなかの中の子供を守らなければならないのだ。

流産したあと、いろいろと調べて、多くの女性が同じような苦しみや悲しみを味わっていることを知って驚いた。つらいのは自分だけではないと慰められもしたけれど、少なからず不安になった。二年前はどうしても妊娠したいと思っていたし、ビショップも賛成してほしいと思っていた。けれど、流産したあと勇気がなくなった。自分の殻に閉じこもった。喪失感の話などしたくなかったし、再挑戦を考えることなど問題外だった。

ランド・ローバーは今にも最後のカーブを曲がって見えなくなろうとしている。ローラは家の中に戻ろうとしたが、そのとき、シルバーの堂々とした車が入ってきた。グレースのレクサスだ。

二台の車は並んで止まった。たぶんビショップが今朝起きたことを伝えているのだろう。ローラは息を吐き出した。今はあまり話したい気分ではないけれど、一週間前、グレースがビショップに私を家まで送らせた理由を聞きたい。

ビショップの車は見えなくなり、グレースの車が近づいてきた。車のドアが開いたとたん、グレースは玄関前の階段を駆け上がり、妹を抱き締めた。

家に入ると、姉妹は居間のソファに腰を下ろした。ローラはただちに要点に入った。

「ビショップが話したんでしょう？」

グレースがうなずいたのと同時に、真珠のイヤリングが揺れた。「手短に」

「ビショップから聞いたかしら……私たちがベッドをともにしたことを？」

「二人の顔を見れば、一目瞭然よ」

「避妊しなかったの」

グレースは目を丸くした。「彼は賛成したの？」

「私は過去に生きていたのよ。新婚当時の自分になっていたの。ビショップに子供を作りたいと言ったときは、当時の振る舞いを繰り返していたのよ」

「流産したことは覚えているの？」

ローラは目を閉じてあの苦しい状況を思い出さないようにした。けれど、うまくいかない。あのときの記憶が鮮明によみがえってくる。

「お姉さま、私が病院を出るとき、どうしてビショップに付き添わせたの？　私たちがどんな別れ方をしたか知っているでしょう。離婚したことを覚えていたら、彼と一緒に帰ったりしなかったわ」

「ビショップは出張中だからしばらく私の家に来たほうがいい、と嘘をつくこともできたでしょうね。でも、私の子供たちはあなたが覚えている歳（とし）よりも大きくなっているし、ここにいたほうがあなたも記憶を取り戻す可能性が高いと思ったのよ。それに、あなたはビショップを愛しているから」

「これが私たちにとって二度目のチャンスになるかもしれないと思ったんですって？」

「あなたはビショップと一緒にいるときがいちばん幸せそうだったんですもの。少なくとも最初のうちは。私はあの人が嫌いだったわけじゃないのよ。父も母もいないから、あなたたちにちゃんと教えるのが私の役目だと思ったの。結婚する前に、どうやって人生の目標を達成するのかじっくりと考えたほうがいいということを」

「私たちは心から愛し合っていたのよ」感情が高ぶり、ローラの声がかすれた。

「それで、今回、妊娠している可能性はあるの？」

「ほんの少しだけ」

「それでも……これは体を大切にするいい機会だし、最初に私たちが望んでいたように、すべてが丸く収まるいい機会でもあるわね」

ローラは姉の肩に頭をもたせかけた。そのあと、二人は静まり返った部屋の中で一緒に座っていた。ローラは心の中で妊娠していないよう祈った。また流産したらどうしよう？　臨月を迎えたとき、私とビショップはたがいにどんな態度をとったか忘れることができるだろうか？　またいっぽうでは、妊娠しているよう祈った。何よりも願っているのは母親になることなのだから。

おなかに軽く手を当てながら、ローラはグレースの言葉を考えた。

今回もうまくいかないかもしれない。あるいは、信じる気持ち、願う気持ち、そして愛情があれば、うまくいくかもしれない。

12

一週間後、ビショップはブルー・マウンテンズの家の前で車を止めた。ローラには長い庭内路を走ってくる車の音が聞こえたにちがいない。驚くほど元気そうな彼女が玄関前のポーチに出てきた。

今朝、ビショップはローラに電話をかけ、一週間経ったからそろそろ話し合おうと言った。一緒に連れていく〝ゲスト〟の話はしなかった。検査をしたかどうかもきかなかった。

ビショップが車から降りても、ローラは階段の上にたたずんだままだ。口元に笑みは浮かんでいない。眉間にしわを寄せてもいない。彼がここに来る途中、胸を締めつけられるような感覚が続いていたが、今、それが強くなった。だが、来るのがいやだったわけではない。ここから離れている間、ずっと仕事に集中できなかった。〈ビショップ建築設備〉の売却に関しても結論を出す気になれなかった。頭に浮かぶのはローラのことだけで、もう一度柔らかな唇の感触を味わいたい、耳元でささやく優しい声を聞きたい、そんなことばかり考えていた。とはいえ、今、彼女が飛びついてくるとも思えない。しかし、あとで……。

ローラは少し顔をほころばせた。風に吹かれて薄いブルーのワンピースの裾が揺れている。「こんにちは、ビショップ」

彼が返事をする間もなく、ランド・ローバーに乗っているゲストが秘密をばらした。一度吠えたあと、ふざけてうなり声をあげ、きゃんきゃんと鳴いた。たちまちローラの表情が和らいだ。ためらいがちに前に進み出ると、口に手を当て、車の後部を見てからビショップに目を戻した。

ビショップは車からペット用のキャリアを取り出した。中に入っている雌の子犬は茶色の目を輝かせ、激しく尻尾を振っている。

ビショップは、ローラがひそかに〝クイーン〟と呼んでいた子犬をキャリアから出した。

ローラは満面に笑みを浮かべて階段を駆け下りた。「この子を連れてくるなんて、話してくれなかったじゃないの」

「話したらサプライズにならないだろう」

ビショップはせわしなく身をくねらせている子犬を差し出した。ローラは子犬を受け取り、ため息をつきながら抱き寄せる。

「なんてかわいいんでしょう」

「たぶん腹が減っているんだろう」ビショップは車のほうに向かった。「そいつを中に連れていってくれ。僕は荷物を運ぶから」

それから五分後、クイーンが木製の床を走り回っている間、ビショップは餌用のボール、排泄用の箱、寝床を用意した。クイーンが駆け寄ってくるたびに、ローラはしゃがみ込んで耳のまわりの毛をくしゃくしゃにした。

「新しい家が気に入ったようね、おちびちゃん」ローラは語りかけた。

クイーンは一度吠えたあと、床の匂いを嗅ぎながら静かな足どりで去っていった。ローラは立ち上がり、ワンピースのしわを伸ばしてからビショップのほうを見て恥ずかしそうにほほ笑む。

「ありがとう。クリスマスみたいだわ」

ビショップも笑顔を返した。「こいつはおとなしい犬という話なんだが、エネルギーがありあまっているらしい。躾教室に入れたほうがよさそうだ」

ローラは気持ちを落ち着かせるかのように深く息を吸い込んだ。「私も驚かせるものがあるのよ」

ローラはマントルピースの上に置かれた薬局の袋を取り、細長い箱を取り出した。「この数日間、そこに置いたままになっていたの。結果はかなり正確なはずよ」

「こんなにすぐにでも？」

ローラはうなずいた。「ホルモンレベルを調べるのよ」

「なるほど」

ローラは何度も箱をひっくり返したあと、長々と息を吐き出した。「私がどきどきしているのはわかるでしょう」

ビショップは汗ばんだてのひらをズボンにこすりつけた。「これから試すのか？」

「二、三分で結果が出るわ」ローラはちょっと視線をそらしてから、またビショップと目を合わせる。

「本当にどきどきしているのよ」

ビショップは前に進み出てローラの手に自分の手

を重ねる。「僕はここで待つよ」

ローラが出ていったあと、ビショップは部屋の中を行ったり来たりしたが、しばらくすると喉が渇いたので、我慢できずに酒類が並んでいるキャビネットに近づいた。

洗面台の端に検査スティックを置いたまま、ローラは噴流式の浴槽についた階段に座り、ほてる顔に手を当てた。袋には二本検査スティックが入っている。両方の結果がわかってから十分経っているのに、まだこの事実を完全に理解できない。

機能停止状態になっていた頭が働きはじめた。これ以上ぐずぐずしているわけにはいかない。ローラは太腿に力を入れて立ち上がった。驚いたことに脚はふらふらすることもなく、ちゃんと体重を支えてくれる。涙は出ていない。まったくだいじょうぶ。

ローラが居間に戻ると、ビショップは家の裏手に面した窓のそばにたたずんでいた。手には琥珀色の液体が入ったグラスを持っている。彼女の足音を聞きつけたとたん、彼の視線がすばやく動き、背中がまっすぐに伸びた。

ビショップは遅ればせながら励ますような笑みを浮かべたが、目にはまったく感情が表れていない。早く結果を聞かせて証拠を見せてほしいと思っているのだ。ローラはこれほど緊張したことはないが、今は不思議なくらいに気持ちが落ち着いてきた。

クイーンは疲れたのだろう。ピアノの下で手脚を投げ出して寝そべっている。ローラは子犬を起こさないよう注意して横を通り過ぎた。内心震えながらも曖昧な笑みを浮かべて肩をすくめる。

「あなたは晴れて自由の身になったわ」

ビショップは一歩前に進み出て何度か瞬きした。

「だめだったのか?」

「検査スティックなんか見たくないでしょう。そんなことをしても仕方ないもの」

ビショップはがっくりと肩を落とした。顔には呆然とした表情が浮かんでいる。

「これでよかったんじゃないかしら」沈黙に耐えきれなくなり、ローラは言った。

ビショップがひげを剃った顎を撫でたとき、左手の薬指にはめられた結婚指輪が光った。「本当にそう思うのか？」

「そう思わなければならないのよ。二回とも結果ははっきりしていたわ。病院に行ってもいいけれど、その必要はないでしょう」

ビショップはぼんやりとした目つきでピアノ用のスツールに腰を下ろした。足元には眠っているクイーンの頭がある。

彼のつぎの言葉はローラを驚かせた。「もう一度試してみよう」

ローラはぽかんと口を開けた。私の聞き間違いかしら？「私たちはもう結婚していないのよ」

ビショップは眉根を寄せて立ち上がった。「一週間前は結婚しているような感じだった」

「あれはあくまでもあなたが離婚届に署名したことを思い出せなかったからよ」

「離婚手続きを開始したのは僕じゃない。きみが書類を送ってきたんだよ」

「送り返す必要はなかったでしょう」

ビショップは苦しげな目つきでローラを見つめたあと、こわばった笑みを浮かべた。「ああ、そのとおりだ」そう言ってから彼女のほうに一歩近づいた。

「検査結果が陽性でなくて残念だ」

「本当に？」

ビショップは口を固く結んだ。「僕はこれが……僕たちの関係がうまくいくことを望んでいたんだが、きみが妊娠しないかぎり望みはないとわかっていた。僕たちが一緒に過ごした一週間は……」くい入るようにローラの目を見る。「もう一度やってみてもいいと思うんだ」

「どんなふうに？」

「ここからスタートするんだ。二人で一緒に、一つずつ問題を解決して、一歩ずつ前に進んでいく」

「でも、すぐにまた同じ障害にぶつかるでしょう」

ビショップはローラの左手をつかんだ。「二人で乗り越えられるよ」

「ビショップ、あなたは前にも乗り越えられると言ったわね」

「きみは妊娠した。そのあとに起こったことは僕の責任ではない。誰の責任でもないんだ」

「わかってるわ」

たしかにローラはわかっていた。けれど、その悲しい事実を認め合ったからといって、今、二人が救われるわけではない。あるいは、いまだに続く喪失感が消えるわけでもない。また同じことが起こるのではないかという不安感が。

「今でも子供がほしいか？」

「ええ……でも……」

ローラは疑念と闘おうとしたが、今は以前にも増して記憶がはっきりしている。妊娠後だいぶ経ってからまた赤ん坊を失うのではないか——そんな恐怖感が湧き上がり、肌がじっとりと汗ばんで喉がからからになった。

「妊娠していなかったとわかった今、またあんな喪失感を味わうようなことができるかどうかわからないわ」

「それでも、養子をとるつもりはないんだろう？」

「ええ」ローラはビショップに握られている手を引っ込めた。「今はまだ」ぐったりとピアノにもたれかかる。「よくわからないわ」

「もう一度頼んでも無駄なんだろうね？」

ローラは自分の体に腕を巻きつけた。まるで危な重い足を引きずりながらローラはじりじりと近づいていった。「今朝はスコーンを作ったけど――」

「スコッチには合わないよ」

ビショップの声は低くしわがれている。彼が暖炉に――二人の写真に――背を向けてドアのほうを見たとき、ローラは胸を拳で殴られたような衝撃を覚えた。

ビショップは出ていくんだわ。

ローラはビショップのこわばった顔を見た。彼も心が乱れているのだろう。けれど、二人とも真実を無視することはできない。どんなに二人が似合いの相手に思えても、過去はつねに二人の現在に長い影を投げかけるだろう。そして未来にも。

力を振り絞ってローラは両手を組み合わせ、肩を上げ下げした。あまり動揺した言い方にならないよう祈りながら口を開く。「もうほかに言うことはないようね」

つかしい綱渡りをしているような気がする。手を伸ばしてビショップを引き寄せ、彼の体が与えてくれる安らぎを感じたいし、私も彼に安らぎを与えたい。けれど、そんなことをして何になるだろう？　ビショップの彫りの深い顔には今までになく険しい表情が浮かんでいる。以前、二人はこの問題を何度も話し合った。けれど、解決策はなかった。

ローラはゆっくりとうなずいた。「ええ」

ビショップは思い出したかのように手に持ったグラスに目を移し、一気にスコッチを飲んだ。ローラは精神的に疲れきってこれ以上何をしたらいいのかわからなくなり、話題を変えようとした。

「もう一杯いかが？　それとも、コーヒーがいいかしら？」

ビショップは暖炉に近づき、二人の写真の下に空のグラスを置いた。それを見てローラの胸が痛んだ。来週にはまたあの写真を下ろすことになるのだろう。

「そのようだね」ビショップはドアのほうに手を動かした。「そろそろ帰ったほうがよさそうだ。あの犬を気に入ってもらえてよかった」

両肩にとてつもなく重いものがのしかかり、ローラは喉が詰まった。これで決まった。ビショップは出ていくのだ。今度は永久に戻ってこない。

ローラは気力を振り絞ってふたたび笑顔を作ったが、泣き崩れるほうが簡単だっただろう。けれど、どんなに打ちひしがれているか知らせるつもりはない。二人とも同じことは繰り返したくないと思っているし、もし彼がとどまったらそうなることはわかっている。

数分後、ビショップが車に乗り込んでシートベルトを締めると、ローラは一人、ポーチにたたずんだ。彼は別れのキスをしなかった。触れもしなかった。もちろん愛しているとも言わなかった。

ビショップがハンドルを見つめたあと、ローラのほうにさまざまな感情を秘めたまなざしを向けたので、彼女の心臓は激しく鼓動しはじめた。ビショップは車を降り、一度に二段ずつ階段を上ってきて、私を抱き締めるだろうか？　何があろうとずっとここにいると言うかしら？

だが、ビショップは動かない。ただ運転席に座って見つめているだけだ。ローラの喉の奥から涙が込み上げてきた。ここから立ち去るつもりなら、どうしてさっさと行かないのかしら！

気持ちとは裏腹に、ローラは明るい口調で言う。「早く行かないと、渋滞に巻き込まれるわよ。電話をする機会があったら、ご両親によろしくね」

ビショップの表情が和らいで口元に笑みが浮かんだ。「じゃあ」

車がゆっくりと庭内路を進み、ビショップが永遠にローラの人生から出ていくと、彼女はポーチにしゃがみ込んだ。

13

シドニーにある本社ビルの最上階の社長室でビショップはぼんやりと窓の外を見つめていた。とはいえ、大都市の景観に感動しているわけでも、一週間、雨が続いていることに興味があるわけでもない。パソコンのメール受信トレイにはウィリスからのメッセージがたまっている。それにも興味がなかった。

サミュエル・ビショップは、重要な問題に対して苦しいほど徹底した取り組み方をすることがある。ひとたび決断を下したら、それを固守する。だが、今はどうしても決断を下す気になれないのだ。これは一時的な不調なのかもしれない。いずれまた歯車は回りはじめるだろう。

開きかけたドアをたたく音がしたので、もの思いにふけっていたビショップは現実に引き戻された。秘書は社長の邪魔をしてはいけないと承知している。だが、ウィリスはだまされないようだ。ネクタイを緩め、苛立たしげな表情で部屋に入ってきた。

「サム、あなたが社長だというのはわかっていますが――」

「ああ、そうだとも」ビショップは手に持ったペンを放り投げた。

「どうしても返事を聞かせてください。今すぐに。〈クランシー・エンタープライズ〉は、正午までに返事がなければ手を引くと言っています。本当にこれが最後ですよ」

ビショップは椅子に座ったまま体を左右に動かした。会社は売却することに決めたと言いたかった。新たなスタートを切りたい。新たな挑戦をしたい、と。これから先一生、どっちつかずのままぼうっとしているわけにはいかない。実際、ローラが橋から落ちる前は売りたいと思っていた。激動の二週間が終わった今、すべての矢印が以前決めた方向を向いている。それなのに、どうして思い悩み、今回は前回と違うのではないかと期待しているのだろう？

ビショップは目を閉じて、痛む鼻筋をつまんだ。くそっ、どうして自分の決意を示し、ローラが失神するほど激しくキスしてから、今回は出ていかないと宣言しなかったのだろう？

ビショップは息を吐き出しながら目を開け、椅子を回してデスクに向かった。「〈クランシー・エンタープライズ〉にゴーサインを出してくれ。この件を終わらせたいんだ」

ウィリスはぽかんと口を開けたあと、首を振る。

「本当ですか？」

「返事を聞かせろと言ったじゃないか」

ウィリスはデスクの端に腰をのせた。「あの件について話したいですか？」

ローラの件という意味か？

「せっかくだが、二度とその話はしたくない」ビショップは椅子から立ち上がり、長い部屋の反対側に置かれているチェス盤のほうへ向かった。

「あなたが今でもローラを愛しているという考えは頭をよぎりましたか？」

「僕たちが一緒にいるところは見ているだろう」

「パーティー会場でローラは動揺していましたね。妻もあなたたちが出ていくところを見ました。あとでこう言っていましたよ。お二人が再会したことはすばらしい、愛し合っているのは一目瞭然だ、と」

「いいか、よく聞いてくれ」

「聞いてますよ」

「僕もそのことは考えた。徹底的に考えたよ。たしかに僕はローラを愛していた。だからといって今の僕たちの状況は変わらない。愛しているだけでは十分ではないのだろう。あのときもそうだった。今もそうだ」

「では、店じまいして逃げだすんですね。また」

「口のきき方に気をつけるんだ、ウィリス」

「どうしてですか？　あなたが間違っていることを認めなければならないからですか？」

ビショップはウィリスにこう言っていたのだ。つぎにどんな事業を始めるにしろ、かならずウィリスも連れていくと。二人は共同経営の話もしていた。ウィリスには商才はもちろん、並はずれた根性がある。はっきりとものを言う。信頼できる人物なのだ。今もウィリスを信頼すべきなのか？

ウィリスも部屋の反対側へ行き、チェス盤から駒を取ってしげしげと見た。「これはローラからもらったものですよね」

「結婚記念の贈り物だ」

「ずっととっておいたんですね」

「高価なものだからな」

「毎日、デスクからこれを見て、ローラを思い出しているのでしょう」

ビショップは反論しようとした。だが、真実は明らかだ。僕はローラに関係のあるものをそばに置いておきたかったのだ。

ビショップが安楽椅子に腰を下ろすと、ゴールドとプラチナの駒が輝いた。彼は肘掛けに片肘をつき、人差し指と親指を眉間に当て、急に激しくなった痛みを和らげようとした。いいかげんに何もかも打ち明けてさっぱりしたい。

「先週、ローラは妊娠したかもしれないと思ったんだ」ビショップは切り出した。

「まさか……」ウィリスは反対側の椅子に腰を下ろした。「そんなことはなかったんでしょう？」

ビショップはうなずいた。「ローラは子供を作りたいと言った。僕は同意した。もっとも彼女は過去に生きていたんだが。僕たちは新婚時代に戻っていた」

「そして、ついに記憶が戻ったとき、ローラは怒り狂ったんですね？」

「最初は腹を立ててた。だが、最終的に僕たちの意見は一致したんだ。ローラが身ごもっていたら、もう一度やり直そうと」

「それで、妊娠していないことがわかったから、あなたは出てきたんですか？」

「ローラは聞く耳を持たなかった。何を言っても、理解してくれなかった。前回と同じだ」

「そうですね」

「ローラも同じことを考えていた。二人を結びつける子供がいなかったら、永遠に過去を引きずるから別れるのは必至だと。過去にはいろいろな出来事があった。いやな思い出がたくさんある」ビショップの視線がチェス盤から離れた。「許すべきこともあるけどね」

「六十五歳になったとき、どんなことを覚えているでしょう？　人生の半分をばかみたいにぼうっと過ごしたことですか？」

ビショップはかっとなった。「いったいどうしろと言うんだ？」

「どうか勝ってください！　二人のために」

ビショップはせせら笑った。「すばらしいスピーチだが、これはゲームじゃないんだぞ」

「理解できませんね。ほかのことに関しては、あなたは獲物を狙う虎のようじゃないですか。狙いを定めたら絶対に逃がさない。だが、目的のものが現時点から人生終焉までの幸せといった取るに足りないものとなると、右も左もわからなくなるんですね」

ビショップはいきなり立ち上がって歩きだそうとしたが、ウィリスは雇い主の腕をつかんだ。

「聞いてください。僕が何を言いたいのかおわかりでしょう。ヘイリーと僕にもしばらく別れていた時期があるんです。プライドを捨てて、もう一度僕を受け入れてくれと彼女に頼んだことは、今までで最高の出来事でしたよ」

頭の痛みに苦しみながらビショップはチェス盤を見下ろした。どんな戦いにも立ち向かう覚悟ができているかのように、駒は静かに彼を見上げている。ビショップはウィリスの言葉をじっくりと考えてから目を閉じ、心の鎖についている硬い錠を開けた。

「〈クランシー・エンタープライズ〉に会社は売却しないと伝えてくれ」ビショップはしっかりした足どりでデスクのほうに歩いていった。

「今、話しているのはローラのことですよ」

「出ていくときに、メリルにここに来るよう言ってくれ」ビショップは椅子に腰を下ろした。

「それで、ローラは？」ウィリスはあとからついてきた。

「電話するよ」

「いつですか？」

「すべきときに」

「しなかったら、あなたは愚か者ですよ」

ビショップは冷ややかな目つきで部下を見上げる。

「そうでないことは誰でも知っているだろう」ウィリスがさらに何か言おうとするのを察知して、ビショップは片手を上げた。「これで話は終わりだ」

ウィリスが去ったあと、ビショップは自分の決断を再確認した。会社は売らないことにした。新たな挑戦をしたいと思っていたが、これで終わったわけではない。撤退を考える前にまだしなければならないことがあるし、さらなる勝利を手にしなければならない。ローラとの状況にも同じことが言える。ウィリスに話したように、電話をかけよう……。

だが、まだだめだ。

14

大晦日は特別な夜だ。子供の頃、ローラとグレースは両親とともに夜更かしをして、午前零時が近づくにつれて気持ちを高ぶらせていった。そして、時計の針が十二時を指すと、東海岸中で行われているお祝いの仲間入りをした。紙笛を吹き、花火に火をつけ、抱き合い、キスを交わした。もちろん、新年がよき年になることも祈った。

ローラは白ワインを飲みながら、華やかな装飾が施された会場内を見渡した。彼女の顔半分はグリーンとゴールドのスパンコールがついた仮装用マスクで覆われている。今年の大晦日はシドニーの慈善パーティーに出席している。これは彼女がプロの立場で企画運営に協力した大規模な行事だ。

広々とした会場は二段式になり、二階は各界のトップクラス専用になっている。さまざまな色の風船が空中に浮かび、風船についているリボンが数百名の出席者の頭上で揺れている。

あいにく、ローラはこの華やかな雰囲気に夢中になれなかった。それどころか、いつ引き上げようかということばかり考えていた。

ビショップと別れてから二カ月が過ぎた。子供を作ることに同意したとき、元夫のとった行動は適切ではなかった。彼は私が記憶喪失に陥っていたことにつけ込むべきではなかった。どんなにむずかしくても、私が真実を聞きたくないと思ったとしても、流産したことや離婚したことを話すべきだったのだ。

けれど、そのことに腹を立ててはいない。私もビショップと一緒にいたかったのだから、どうして腹を立てることができるだろう？　まぎれもない事実は、私が今でも彼を求めていることだ。

二カ月前のあの夜に妊娠していたら、私とビショップは今も一緒にいて、健康な子供の誕生を楽しみに待ち、再婚の話をしていただろうか？　それとも、また流産したかしら？

　こんなにもビショップを愛していなければいいのに。けれど、永久に姿を消してほしいと思いながら、ずっと彼を愛していた。とくに夜、一人でベッドに横たわっていると、本当に二人の関係が終わったことが受け入れられない。

　それでも今、目の前の華やいだ光景を見つめながら、ローラはビショップが去ったあとに誓ったことを再確認した。過去に生きるのはもう終わり。もっと強くなって前に進まなければならない。

　ローラがダンスフロアで大騒ぎしている人びとを眺めていたとき、誰かが背中にぶつかった。冷たいワインが手にかかったので彼女は振り返った。ルイ十四世とマリー・アントワネットの格好をした男女が頭を下げて謝ったあと、ふたたび浮かれ騒ぐ群衆の中に姿を消した。

　今夜のローラはティンカー・ベルの扮装をしている。ポンポンのついたスリッパをはいて薄い羽をつけているけれど、いたずらをしたり、向こう見ずなことをしたりする気分ではない。少し前、フック船長に踊ってほしいと頼まれたけれど、丁重に断った。今、遠くから船長を見ながら彼女は考えた。マスクをはずしたらあの人が誰かわかるかしら。

　チケットには、午前零時になるまで参加者はマスク着用のことと書かれていた。キスするかされるかしたときに、初めて正体を明かすことが許されるのだ。とはいえ、全員がそんな要請に同調しているわけではない。たとえば、バーのそばにたたずんでいる男性がそうだ。彼はインディ・ジョーンズ。帽子を深くかぶっているので目が隠れている。三十年代のフライト・ジャケットがたくましい体によく合っている。

インディは飲み物を口に運んだあと、帽子のつばを少し上げた。鮮やかなブルーの目がゆっくりと室内を見回す。その瞬間、ローラはぎょっとした。急に汗が噴き出してきた。彼女は胸に手を当て、通りかかったウエーターのトレイにグラスを置いた。

ビショップなの？

ローラはマスクをはずして目を凝らした。同時に、帽子をかぶった男性が彼女のほうを見た。二人の視線がぶつかり、火花が飛び散った。

ローラは出席者リストを入念に調べていた。いや、そうしたと思っていた。今夜、二人はもう少しでくわすところだったのだろうか？　たがいに気づかないまま、触れ合っていたのかしら？

ビショップは帽子を取って胸に当てると、ローラのほうに歩いてくる。

そのとき、誰かが叫んだ。「十二時まであと五分です！」

ふと気がつくと、ローラの前にビショップが立っている。ひときわ背が高く、どんな男性よりもハンサムだ。

ローラは震える口元に笑みを浮かべた。「ビショップ……驚いたわ」

「うれしい驚きだろう」

その声を聞いただけでローラの心は乱れたが、ビショップが魅惑的な口を曲げて目を輝かせたとき、彼女はかすかなめまいを覚えた。

「出席者リストにあなたの名前はなかったけど」

ビショップの視線は彼女の口元に下がり、今はゆっくりと唇の上を動いている。「ぎりぎりになって出席することにしたんだ。今回はきみがこのイベントのコーディネーター役を務めたそうだね」

ローラはどうしてそのことを知っているのかきき

たかった。けれど、そんな思いを顔には出さず、できるだけ落ち着いて説明した。「私は前から料理に興味があったでしょう。いろいろな行事を計画したり、準備したりすることにも。企画書を書いて、売り込み活動をして、いくつか契約を取ったこともあるの。今回のパーティーもそうよ」

ビショップの目が輝いた。「おめでとう。きみのウェブサイトでうちの会社の宣伝もしてもらわなければならないな」

「じゃあ、会社は売らないことにしたのね」ビショップがうなずいたのを見てローラは納得した。「よかったわ。あの会社はあなたにとってなくてはならないものだったんですもの。いつか〈ビショップ建築設備〉を世界的規模の会社にするんでしょう」

「胸に大きなBの文字が入ったスーツを注文してあるよ」

久しぶりにビショップの笑い声を聞いてローラも笑いたくなった。

そのとき、センターマイクを通していちだんと大きな声が聞こえた。「あと三分です。みなさん、唇のご用意を」

ローラは無意識のうちに美しいカーブを描くビショップの唇を見ていたが、会場内に響き渡る声が耳に入ったとたん、はっとして引き下がった。頬を赤く染め、ガラスの壁の向こうに広がる港や橋の風景に注意を向ける。

「今夜の打ち上げ花火はすばらしいでしょうね」ローラは景色を見ていたが、自分に注がれる熱い視線を意識していた。

「ああ、すばらしいだろうね。間もなく始まるよ」

まわりにいる大勢の人びとが動きだし、しだいに興奮が高まっていく。ローラはふたたびビショップと目を合わせた。二人はうっとりと見つめ合った。

ローラは彼に吸い寄せられるような気がしたが、近くにいた人がパーティー用の笛を吹いたので、ふたたび現実に引き戻され、ポンポンつきのスリッパに視線を落とした。

「そろそろお仲間のところに戻ったほうがいいんじゃないかしら」ローラは落ち着いた表情で会釈した。

「それじゃ、よいお年を、ビショップ」

「体に気をつけて、ローラ」

ビショップが何げなく腕に触れた瞬間、ローラの下腹部に熱い感覚が湧き上がり、脚から力が抜けた。

「あなたも」ローラはぼそぼそと言ったあと、震えながらその場を立ち去った。

ビショップはセクシーな妖精の衣装を着けたローラの後ろ姿を見つめた。彼女の脚は並はずれて美しく、愛らしい笑顔は今でも僕の心を和ませる。彼女はさらに美しくなった。さらに魅力的になった。

あの日、ローラの愛を取り戻すと決めたとき、確実に成功するための条件が揃ってから行動を起こすことも決めた。僕は本来、用心深い質だ。何をするにしても、正しい手順を踏まなければならない。それなのに、ローラのことに関しては衝動的に行動した。感情に走ってただちに実行した。性急にプロポーズし、じっと我慢して困難な状況を乗り切らなければならないときに出ていった。この数週間、彼女に近づかないようにするのはつらかった。しかし、待ったことは無駄ではない。今夜こそ絶好のチャンスだ。間もなく行動を起こそう。

広々とした会場に「あと一分です」という声が響き渡ったとき、ビショップは飲み物を飲み干してグラスを置いた。凝った衣装やマスクをつけた人の間を縫うように進み、出入口の近くにある円柱の脇に比較的静かな場所を見つけた。そこで腕組みしながら柱にもたれ、さまざまな扮装をしている人びとを眺めた。

ほどなくカウントダウンが始まった。「十、九、

八、七……」

今夜は友人との再会もあり、新しい知り合いもできた。だが、ここに来たのは社交のためではない。ローラに会うためだ。

少し前に二人が触れ合ったときの感覚は以前とまったく同じだった。あまりにも熱い。あまりにも心地よい。十年後に二人が触れ合ったとしても、その感覚は変わらないだろう。どんなに反対されても、彼女を連れ去りたいという激しい衝動を抱くだろう。

カウントダウンが終わった。会場内に歓声や〝新年おめでとう!〟の声が響き渡る。窓の外では光と火花と色彩の競演が始まり、シドニーの街は燃え上がった。人びとは拍手し、抱き合っている。テープが飛び交い、口笛が吹かれ、誰もがキスし、抱き合っている。

ビショップは帽子を脇へ置いて動きだした。会場内のざわめきは最高潮に達しているが、彼の耳には入らなかった。心臓の鼓動は外の花火の音よりも大きい。ビショップは大勢の人をかき分けながら進み、部屋の中央へ行った。そして体を回転させながら無数の顔を見渡した。

五分前、ビショップはわざとローラを立ち去らせた。本当に二人が同じ部屋の中にいるということを十分に理解したかったのだ。二度と彼女が見つからないのではないかと心配などしなかった。それには一つ理由がある。

ビショップは信じていた。今、ローラも真剣に僕を捜しているはずだ。

初めて話をしたときから、初めてキスしたときから、ローラを自分のものにして誰にも邪魔されないうちに結婚すると心に決めた。心臓病の話を聞いても気持ちは変わらなかった。そしてついに目的を達成した。

ローラとの結婚は衝動的だった。いろいろなことがあったが、あれは最高の決断だった。今夜は彼女にそう言うつもりだ。

相変わらずローラを捜しながらゆっくりと反対方向を向くと、人混みの中に道ができたような気がした。部屋の隅に銀色の羽をつけ、ふわふわした玉房つきのスリッパをはいたローラがたたずんでいる。マスクで顔の半分を覆っていても、彼女の目はビショップの視線を受け止めている。ビショップは大股に歩いて近づいていき、決然とした表情で彼女の前に立った。

「きみがいないと、僕の人生は大きな穴があいたようだ」ビショップは切り出した。まわりでは相変わらず歓声や口笛が響いている。だが、自分の声がローラに聞こえないのではないかと心配する必要はない。マスクの下でエメラルドグリーンの目に涙があふれている。

ところが、ビショップが抱き寄せようとすると、ローラはさっと身を引いた。

「またこんなことをする必要はないわ。とくにこんな場所で。二カ月前に言うべきことは言ったはずよ。その話を蒸し返しても仕方ないでしょう」

「きみの言うとおりだ。蒸し返しはしない。過去の話を繰り返すのはうんざりだ。僕たちは前に進まなければならない。過去に対する執着をきっぱりと捨てるんだ」

「執着を捨てる唯一の方法は過去を忘れることよ。おたがいを忘れること」

「そんなことはできないだろう」

「そうしなければならないのよ。わからないの？　解決策はないんですもの」

「そんなことは受け入れられない」

ローラは息苦しくなり、下唇を震わせた。「お願いだからやめて。またこんなことはしたくないわ」

まわりの騒ぎをものともせず、ビショップはローラの手を取って握り締めた。

「一年前に家を出たとき、僕は腹を立てていた。きみに対してじゃない。僕たちの関係があんなふうになったことに対してだ。よく言うだろう。〝不安のほとんどは自分が作り上げた想像にすぎない〟と。だが、二人があんなにも恐れていたことが実際に起こってしまった」ビショップが前に進み出ると、二人の間の距離が縮まった。「子供を失ったんだ」

すすり泣きを押し殺しているらしく、ローラの肩が揺れた。彼女はビショップの指に指を絡ませたが、目には正直な気持ちが表れている。「あなたが……私の気持ちをわかっているとは思わなかったわ」

「きみが乗り越えてくれると思ったんだ。そのときにはもう一度挑戦したいと思っていた。だが、きみが乗り越えたいと思わなかったとき――いや、乗り越えることができなかったとき――僕はそれでもよかった。なぜなら心の片隅ではいつもこう思っていたから……二度目は、三度目はどうなるだろう？　臨月を迎えても、僕の双子の弟のようなことになるのだろうか？　心臓病になるのか？　子供をそんな目に遭わせていいのか？」

込み上げる涙を抑えようとしているのか、ローラは唇を噛み締めている。

「きみが望んでいなくても、僕はそばにいるべきだった」ビショップはローラの手を自分の胸に当てた。「愛しているんだ、ローラ。永遠にきみを愛しつづけるよ」

マスクの下からあふれ出した涙が頬を伝い、顎のほうまで流れ落ちた。「私を愛しているの？　今でも？」

ビショップはうなずき、両手でローラの頬を包み込んだ。「きみがずっと求めていたものをあげたいんだ。僕を信じてくれ。二カ月前、僕たちはまた愛し合った。もう一度愛し合えるはずだよ」彼女の頬に頬を寄せる。「きみを抱き締めることはやめられない」耳元でささやきながら背中を撫(な)でた。「何度人生を歩んでも、きみを愛することはやめられないだろう」

　ビショップはゆっくりとローラを放した。夜空に花火が輝き、またしても人びとが歓声をあげた。ローラは小刻みに喉を震わせる。彼女の顔が見たくて、ビショップはスパンコールがちりばめられたマスクをはずした。

「愛したくないと思っても、あなたを愛さずにはいられないの。危険を覚悟で子供を産みたいと言っておきながら、最悪の結果になったとき、あなたは強いままだったけれど、私は……」頬を涙で濡(ぬ)らしながらローラはビショップにもたれかかった。「諦めてしまったわ。二人はもうだめだと決めつけてしまったの。もう諦めたくないわ」そう言いながらも目には不安げな表情が浮かぶ。「でも、ビショップ。今夜、一緒にここから抜け出したとしても、まだ解決しなければならない問題があるでしょう」

　ビショップはシャツのポケットに手を突っ込んだ。彼が手を広げた瞬間ローラは目を丸くし、両手で口を覆った。それから美しい細工が施されたゴールドの装飾品をすくい上げる。彼女がそれを高く掲げると、無数の照明を受けて十字架と碇(いかり)とハートが輝いた。

「もう一度挑戦しよう」ビショップは言った。「子供を作ろう。ただし、きみの準備ができているときにかぎるけどね。いいことだろうと悪いことだろうと、何が起きても僕はいつもそばにいるよ」

　ローラの口から嗚咽(おえつ)がもれた。感きわまって話すことができず、口を固く結んだままうなずいた。その瞬間、部屋の中のざわめきが消えたように思えた。ビショップがローラの顔を上に向かせると、彼女の目が……それに彼女の愛という贈り物が見えた。

「どうやら僕がきこうとしていることの返事がもらえたようだ」ビショップはほほ笑んだ。

「何をきこうとしているの？」

ビショップはローラの顔を両手ではさんで探るように彼女の目をのぞき込む。

「結婚してくれないか？」

またしてもローラの目に、幸せと喜びの涙が込み上げてきた。それでもきかずにいられなかった。

「もう少し時間が必要だと思わない？」

「僕にわかるのは、きみがもう一度ミセス・サミュエル・ビショップになるときが待ちきれないということだけだ」ビショップは軽く唇を重ねる。「僕たちの第二の人生が始まるときが待ちきれない」

ほかの人びとはそろそろ抱き合うのをやめているが、ビショップは最愛の女性を愛(いと)おしそうに抱き寄せる。そしてローラを慈しみ……愛し……心を込めてキスした。

エピローグ

ブルー・マウンテンズの自宅の居間でローラとビショップは寄り添ってソファに座り、お気に入りのDVDを観(み)ていた。ローラは夫の肩にもたれてため息をついた。カメラは百名もの参列者が笑顔で見守る教会の内部を写している。

画面上では、誇らしげな顔をしたビショップが注意深く赤ん坊を司祭に渡している。隣にたたずむローラは顎の下で両手を組み合わせているが、その目はあふれんばかりの愛できらめいている。二人の娘アビゲイル＝リンは父親から豊かな焦茶色の髪を、母親から美しいグリーンの目を受け継いでいる。この日、着ている洗礼式用の服は二十五年以上前にローラの祖母が作ってくれたものだ。

司祭は洗礼盤の上でアビーの小さな頭を支えながら聖油を塗った。その瞬間、たくさんのシャッター音が鳴り響いたが、一台のビデオカメラはすべての動きをとらえていた。教父母役を引き受けたウィリスとグレースの笑顔も、通路の両側に座っている人びとの賛同の表情も。ビショップの両親は前日にパースからやってきて二、三週間滞在した。

洗礼式が終わった。ローラとビショップは娘とともに深紅の絨毯が敷かれた通路を進み、この特別な日をともに過ごすため参列した人びとの祝福の言葉を浴びた。映像がクローズアップになり、ママとパパは両側から赤ん坊の頬にキスした。少しすると、映像が消えてプラズマテレビの画面が暗くなった。

ビショップはプレーヤーからDVDを取り出しに行った。ローラは涙でかすむ目で夫を見たあと、ピンクの毛布の上に座っている生後八カ月の愛娘に視線を移した。アビーはおもちゃの電話で遊び、その後ろで飼い犬のクイーンがうとうとしている。万が一赤ん坊が倒れたら、クイーンの上にのってしまう。ローラは身を乗り出して赤ん坊を抱き上げた。

「あの日のことはいくら思い出しても、飽きることがないわね」ローラはアビーを膝にのせ、子守歌を口ずさみながら娘を跳びはねさせた。アビーは笑いながら両腕を上げ、もっとやってほしいと訴えた。

「このビデオなら何度でも観たいわ」ローラは言いながら赤ん坊の鼻に鼻をこすりつける。「あなたはどうなの、お嬢さん？」

「アビーはまだ話せないよ」ビショップは洗礼式のDVDをケースに入れた。「この子が母親似だとしたら、将来、電話代がいくらかかるか心配だな」

「女というのはおしゃべりなものなのよ」ローラは赤ん坊に話しかけた。「男の子は筋肉を動かしてボール遊びをするの。もちろんその才能はどちらも人類の幸せと生存にとって不可欠なのよ」

「人類の生存に不可欠なものをほかにも知っているんだけどね」ビショップはＤＶＤを持ったまま戻ってきた。「少なくとも僕には不可欠だ」

ビショップはソファに腰を下ろすと、妻のうなじに手をかけて顔を引き寄せる。優しく心のこもったキスを交わすうち、ローラの気持ちは和らいだ。

ビショップはゆっくりとローラを放したが、彼女はまだ離れたくなかった。片方の眉を吊り上げ、意味ありげに彼の髪を撫でる。「もっと話して」

「アビーを下ろしたらすぐに」ビショップは魅惑的な声でつぶやいた。「僕もそのつもりなのだから」

そう言いながらビショップはまた近づいてきた。ふたたび二人の唇が重なろうとしたとき、ローラはさっと身を引いてうつむいた。赤ん坊がＤＶＤのケースをつかみ、初めて生えた歯でものを噛む練習をしようとしているのだ。

ローラはそっとケースを取り上げた。「だめよ、アビー。これは大切にしなければならないの」

「そうだよ」ビショップは娘の頭を撫でた。「二十一歳の誕生日に再生するのだからね」

「二十一歳、あっという間にその年になるんでしょうね。そうしたら、この子は一人暮らしを始めて結婚するんだわ」赤ん坊の柔らかなピンクの肌と鮮やかなグリーンの目を見つめるうち、ローラの感情が高ぶってきた。「私はもう空の巣症候群になっているようね」

「それを遅らせる方法を知っているよ」

「家から出たくないと思わせるように、徹底的に甘やかすの？」

ビショップはローラの頬を撫で、唇を寄せながらささやきかける。「もう一人子供を作るんだ」

ローラは息をのんだ。ビショップの口からそんな言葉が出るとは思ってもいなかった。ふたたび子作りに挑戦するのは二人にとって大きな決断だったのだ。けれど、今回は身ごもっていることがすばらしいと思えたし、つわりも一度もなかった。もっと大事な点は、二人の子供が健康に恵まれたことだ。さいわい心臓病の徴候はまったくなく、将来、問題が起こる可能性もなさそうだ。

「もう一人子供を?」

「そうしたいんだろう?」

「ぜひそうしたいわ」

ビショップの顔から笑みが消え、目に真剣な表情が浮かんだ。「僕がどれほどきみを愛しているか、今日はもう言ったかな?」

「もう一度言って」

「きみは僕に進むべき道を教えてくれる。生きる意味を教えてくれるんだ」

新たな感情が押し寄せてくると、ローラの目に涙が込み上げてきた。「そんなことを言われると、心が乱れてしまうわ」

「いい意味で、だろう」

「もちろんそうよ」

ローラとビショップは同時に子供を見下ろした。アビーは母親の膝の上でぐっすり眠っている。

「その子をベッドに入れておいで」ビショップはDVDを拾い上げた。「僕はこれを片づける。それから火をおこすよ」

「そのあと、ここで落ち合うのね」

運がよければ、歴史は繰り返す。来年の今頃には家族がもう一人増えるだろう。

けれど、大切な宝物を子供部屋に運んでいくとき、暖炉の上にかけられている写真を見て、ローラは将来のことを考える必要はないと思った。何が起ころうと、二人が愛し合い、支え合う家族だということは永遠に変わらない。

何が起ころうと。

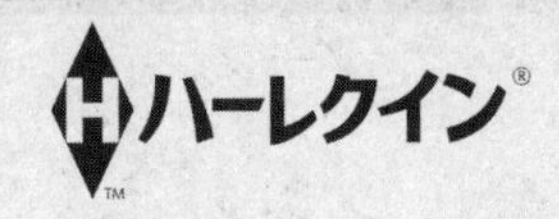

消えた記憶と愛の絆
2015年11月5日発行

著　　者	ロビン・グレイディ
訳　　者	大谷真理子（おおたに　まりこ）
発 行 人	立山昭彦
発 行 所	株式会社ハーパーコリンズ・ジャパン 東京都千代田区外神田 3-16-8 電話 03-5295-8091（営業） 0570-008091（読者ｻｰﾋﾞｽ係）
印刷・製本	大日本印刷株式会社 東京都新宿区市谷加賀町 1-1-1

この書籍の本文は環境対応型の植物油インクを使用して印刷しています。

ISBN978-4-596-51682-4 C0297

ハーレクイン・シリーズ
おすすめ作品のご案内
11月20日刊

シンデレラ

キャロル・モーティマーが贈る億万長者とウエイトレスの恋

幼い娘のために懸命に働くサムは、怪我をした実業家の世話係をすることになる。前夫のせいで男性に不信感を持つ彼女だったが、彼との共同生活が始まり…。

キャロル・モーティマー
『シンデレラの献身』
闇のダリウス、光のザンダー II

◉R-3111 ロマンス

クリスマス

ベテラン作家ヘレン・ブルックスが描く愛を信じない富豪との恋

カナダから３週間だけ訪ねてきたザックに誘惑されたレイチェル。強引な誘いに負け、週末をともに過ごすことを了承するが、手違いでふたりは同じ部屋に泊まることに……。

ヘレン・ブルックス
『屋根裏部屋のクリスマス』

◉R-3113 ロマンス

クリスマス

スーザン・メイアーの偽りの恋人とのクリスマス

つましい生活を送るエロイーズは、偶然出会った実業家リッキーから「恋人のふりをしてパーティーに同伴してくれたら、見返りに、いい仕事を紹介する」と言われ……。

スーザン・メイアー
『うたかたのシンデレラ』
『秘書物語』関連作

◉I-2395 イマージュ

ボス秘書

愛なき結婚を控えたボスと秘書が見つける真実の愛

アビーが密かに恋するボスがビジネス目的の婚約をした。そのうえ結婚式のプランを任された彼女は、ショックのあまり慣れないお酒を飲み、ボスの家に連れて帰られ……。

ジュールズ・ベネット
『ボスとの偽りの蜜月』

◉D-1683 ディザイア

人気作家

名作家ペニー・ジョーダンの真骨頂

血のつながらない兄妹、リンゼイとルーカス。ふたりは想い合う自分たちの気持ちとは裏腹に、実の親や育ちのために、別々の結婚を選んでしまうが……。

ペニー・ジョーダン
『ドーセットの恋物語』
プレゼンツ作家シリーズ別冊

◉PB-160（初出：R-538）